Selberlebensbeschreibung

Jean Paul Richter

Impressum

Autor: Jean Paul Richter
Umschlagkonzept: toepferschumann, Berlin

Verlag: tredition GmbH, Hamburg
ISBN: 978-3-8424-9101-4
Printed in Germany

Tucholsky Wagner Zola Scott Sydow Freud Schlegel
Turgenev Wallace Fonatne

Twain Walther von der Vogelweide Fouqué Friedrich II. von Preußen
Weber Freiligrath
Kant Ernst Frey
Fechner Fichte Weiße Rose von Fallersleben Richthofen Frommel
Hölderlin
Engels Fielding Eichendorff Tacitus Dumas
Fehrs Faber Flaubert
Eliasberg Ebner Eschenbach
Feuerbach Maximilian I. von Habsburg Fock Eliot Zweig
Ewald Vergil
Goethe Elisabeth von Österreich London
Mendelssohn Balzac Shakespeare Dostojewski Ganghofer
Lichtenberg Rathenau Doyle Gjellerup
Trackl Stevenson Hambruch
Mommsen Tolstoi Lenz Droste-Hülshoff
Thoma Hanrieder
Dach Verne von Arnim Hägele Hauff Humboldt
Reuter
Karrillon Rousseau Hagen Hauptmann Gautier
Garschin
Defoe Baudelaire
Damaschke Descartes Hebbel
Hegel Kussmaul Herder
Wolfram von Eschenbach Dickens Schopenhauer
Darwin Grimm Jerome Rilke George
Bronner Melville Bebel
Campe Horváth Aristoteles Proust
Bismarck Vigny Barlach Voltaire Federer Herodot
Gengenbach Heine
Storm Casanova Tersteegen Gilm Grillparzer Georgy
Chamberlain Lessing Langbein Gryphius
Brentano Lafontaine
Strachwitz Claudius Schiller Kralik Iffland Sokrates
Bellamy Schilling
Katharina II. von Rußland Gerstäcker Raabe Gibbon Tschechow
Löns Hesse Hoffmann Gogol Wilde Gleim Vulpius
Luther Heym Hofmannsthal Klee Hölty Morgenstern
Roth Heyse Klopstock Goedicke
Luxemburg Puschkin Homer Kleist
La Roche Horaz Mörike Musil
Machiavelli Kierkegaard Kraft Kraus
Navarra Aurel Musset
Nestroy Marie de France Lamprecht Kind Kirchhoff Hugo Moltke
Laotse Ipsen Liebknecht
Nietzsche Nansen Ringelnatz
Marx Lassalle Gorki Klett Leibniz
von Ossietzky May
vom Stein Lawrence Irving
Petalozzi Knigge
Platon Pückler Michelangelo Kafka
Sachs Poe Kock
Liebermann Korolenko
de Sade Praetorius Mistral Zetkin

Der Verlag tredition aus Hamburg veröffentlicht in der Reihe **TREDITION CLASSICS** Werke aus mehr als zwei Jahrtausenden. Diese waren zu einem Großteil vergriffen oder nur noch antiquarisch erhältlich.

Symbolfigur für **TREDITION CLASSICS** ist Johannes Gutenberg (1400 — 1468), der Erfinder des Buchdrucks mit Metalllettern und der Druckerpresse.

Mit der Buchreihe **TREDITION CLASSICS** verfolgt tredition das Ziel, tausende Klassiker der Weltliteratur verschiedener Sprachen wieder als gedruckte Bücher aufzulegen – und das weltweit!

Die Buchreihe dient zur Bewahrung der Literatur und Förderung der Kultur. Sie trägt so dazu bei, dass viele tausend Werke nicht in Vergessenheit geraten.

Text der Originalausgabe

Jean Paul

Selberlebensbeschreibung

(Fragment, 1818/19 geschrieben, 1826 von Jean Pauls Freund Christian Otto herausgegeben. Der vorliegende Text folgt der Kritischen Ausgabe von Eduard Berend, Weimar 1927 ff., ohne die dort angegebenen Varianten)

Erste Vorlesung

Wonsiedel – Geburt – Großvater

Geneigteste Freunde und Freundinnen!

Es war im Jahr 1763, wo der Hubertsburger Friede zur Welt kam und gegenwärtiger Professor der Geschichte von sich; – und zwar in dem Monate, wo mit ihm noch die gelbe und graue Bachstelze, das Rotkehlchen, der Kranich, der Rohrammer und mehre Schnepfen und Sumpfvögel anlangten, nämlich im März; – und zwar an dem Monattage, wo, falls Blüten auf seine Wiege zu streuen waren, gerade dazu das Scharbock- oder Löffelkraut und die Zitterpappel in Blüte traten, desgleichen der Ackerehrenpreis oder Hühnerbißdarm, nämlich am 21ten März; – und zwar in der frühesten frischesten Tagzeit, nämlich am Morgen um 1½ Uhr; was aber alles krönt, war, daß der Anfang seines Lebens zugleich der des damaligen Lenzes war.

Den letzten Einfall, daß ich und der Frühling zugleich angefangen, hab' ich in Gesprächen wohl schon hundert Male vorgebracht; aber ich brenn' ihn hier absichtlich wie einen Ehrenkanonenschuß zum 101ten Male ab, bloß damit ich mich durch den Abdruck außer Stand setze, einen durch den Preßbengel schon an die ganze Welt herumgereichten Bonmot-Bonbon von neuem aufzutragen. Es ist nicht gut, wenn in die Geschichte eines Mannes – und heckte er täglich die neuen Einfälle zu Schocken – das Schicksal selber ein Wortspiel wie ein Nestei gelegt hat; auf diesem Ei sitzt und brütet er sein Leben lang und will etwas herausbringen. So hab' ich einen Balbier und einen Kutscher gekannt, welche beide auf die Frage, wie sie hießen, niemal anders oder einfacher oder mit weniger Witz zu antworten pflegten als:»Ihr gehorsamer Diener« – oder auch:»Ihr Diener Diener«; aber die Ursache war, jeder hatte das Unglück, *Diener* zu heißen, und damit waren sie zu einem unaufhörlichen Einfalle verdammt und ihr Passat-Witz strömte nach *einer* Richtung fort. – Um so weniger hoffe keiner von uns, meine Verehrtesten, irgendeinen Mann, der einen Eigen- und Gemeinnamen zugleich führt, wie z. B. Ochs und Rapinat (beide sonst in der Schweiz) – Wolf – Schlegel – Richter, einen solchen doppelnamigen Mann mit irgendeinem noch so glänzenden Wortnamenspiel zu überraschen; denn er hat lange genug mit seinem Namen gelebt, um nicht jede Namenanspielung, die dem Neuling seiner Bekanntschaft neu, fern und witzig vorkommt, in sich als abgenutzte zu finden. Witziger wortspielte z. B. *Müllner* mit Schotten und Schatten; denn kein Schotte hielt sich je für einen Schatten, und kein Schatte für einen Schotten, denn zwei Selblauter trennen sie ewig.

– Ich kehre aber zu unserer Geschichte zurück und begebe mich unter die Toten; denn alles ist aus der Welt, was mich auf sie kommen sah. Mein Vater hieß Johann Christian Christoph Richter und war Tertius und Organist in Wunsiedel; meine Mutter, die Tochter des Tuchmachers Johann Paul Kuhn in Hof, hieß Sophia Rosina. Am Tage nach der Geburt wurd' ich vom Senior Apel getauft. Der eine Taufpate war gedachter Johann Paul; der andere Johann Friedrich Thieme, ein Buchbinder, der damals nicht wußte, welchem Mäzen seines Handwerks er seinen Namen verlieh; daher denn der von beiden zusammengeschoßne Name Johann Paul Friedrich entstand, dessen großväterliche Hälfte ich ins Französische übertragen und dadurch zum ganzen Namen Jean Paul erhoben, aus Gründen, welche in spätern Vorlesungen dieses Winterhalbjahrs vollständig angegeben werden sollen.

Aber jetzo mag der Held und Gegenstand dieser historischen Vorlesungen unbesehen in der Wiege und an der Mutterbrust so lange liegen und schlafen – da doch dem langen Morgenschlaf des Lebens nichts für allgemein-welthistorisches Interesse abzuhören ist

– so lange, sag' ich, bis ich von denen gesprochen, wenn auch nicht viel und genug, nach welchen mein Herz sich und die Feder hindrängt, von meinen Vorverwandten, von Vater, Mutter und Großeltern.

Mein Vater war der Sohn des Rektors Johann Richter in Nettstadt am Kulm. Man weiß nichts von diesem als daß er im höchsten Grade arm und fromm war. Kommt einer von seinen zwei noch übrigen Enkeln nach Neustadt, so empfangen ihn die Neustädter mit dankbarer Freude und Liebe, alte erzählen, wie gewissenhaft und strenge sein Leben und sein Unterricht gewesen und doch wie heiter beide. Noch zeigt man ein Bänkchen hinter der Orgel, wo er jeden Sonntag betend gekniet; und eine Höhle, die er sich selber in den sogenannten kleinen Culm gemacht, um darin zu beten, und welche nach den Fernen offenstand, in welchen sein feuriger Sohn – obgleich nur für ihn zu feurig – mit den Musen und der Penia spielte. Die Abenddämmerung war eine tägliche Herbstzeit für ihn, worin er einige dunkle Stunden in der ärmlichen Schulstube auf- und abgehend, die Ernte des Tags und die Aussaat für den Morgen unter Gebeten überschlug. Sein Schulhaus war ein Gefängnis, zwar nicht bei Wasser und Brot, aber doch bei Bier und Brot; denn viel mehr als beide – und etwa frömmste Zufriedenheit dazu – warf ein Rektorat nicht ab, das obwohl vereinigt mit der Kantor- und Organistenstelle, doch dieser Löwengesellschaft von 3 Ämtern ungeachtet nicht mehr abwarf als 150 Gulden jährlich. Und an dieser gewöhnlichen baireuthischen Hungerquelle für Schulleute stand der Mann 35 Jahre lang und schöpfte. Allerdings hätt' er ein oder mehr Paar Bissen oder Pfennige gewonnen, wär' er weitergerückt, z. B. zu einem Landpfarrer hinauf. Sooft die Schulleute ihre Kleider wechseln, z. B. den Schulmantel in den Priestermantel, so bekommen sie bessere Kost, wie die Seidenraupen bei jeder neuen Häutung reicheres Futter erhalten, so daß ein solcher Mann die Vermehrung seiner Einkünfte durch das Vermehren seiner Arbeiten so weit treiben kann, daß er einem mit Wart- oder mit Gnadengeldern oder überhaupt hohen quieszierten Staatbeamten nachkommt, dessen fünf Notenlinien von Treffern durch die ganze Partitur der Kammer bei allem Pausieren des Instruments durchgeführt werden. –

Wenn indes mein Großvater die Eltern seiner Schüler nachmittags besuchte, mehr der Schüler als der Eltern wegen: so brachte er von dem vorhin erwähnten Bier und Brot, bei welchem er lebenlang saß, sein Stück Brot in der Tasche mit und erwartete als Gast bloß ein Kännchen Bier. Es traf sich aber endlich im Jahre 1763 – eben in meinem Geburtjahr –, daß er am 6ten August, wahrscheinlich durch besondere Konnexionen mit *Höhern* steigend, eine der wichtigsten Stellen erhielt, wogegen freilich Rektorat und Stadt und der Culmberg leicht hinzugeben waren, und zwar zählte er gerade erst 76 Jahre, 4 Monate und 8 Tage, als er die gedachte Stelle wirklich erhielt im Neustädter – Gottesacker; seine Gattin aber war ihm schon 20 Jahre vorher dahin vorausgegangen in die Nebenstelle. – Meine Eltern waren mit mir als 5 Monat altem Kinde zu seinem Sterbelager gereiset. Er war im Sterben, als ein Geistlicher (wie mir mein Vater öfter erzählt) zu meinen Eltern sagte: lasset doch den alten Jakob die Hand auf das Kind legen, damit er es segne. Ich wurde in das Sterbebett hineingereicht und er legte die Hand auf meinen Kopf – – Frommer Großvater! Oft hab' ich an deine im Erkalten segnende Hand gedacht, wenn mich das Schicksal aus dunkeln Stunden in hellere führte; und ich darf schon den Glauben an deinen Segen festhalten in dieser von Wundern und Geistern durchdrungenen, regierten und beseelten Welt!

Mein Vater, in Neustadt 1727 den 16ten Dezember geboren – fast mehr zum Winter des Lebens als gleich mir zu einem Frühling, würd' ich sagen, hätte seine Kraftnatur sich nicht auch in Eisberge gute Häfen einzuschneiden vermocht – konnte das Lyzeum in Wunsiedel, wie Luther die Schule in Eisenach, nur als sogenannter Alumnus oder armer Schüler genießen oder erdulden; denn wenn man 150fl. jährliche Einnahme gehörig unter Vater, Mutter und mehre Schwestern verteilte, so mußte auf ihn selber gerade gar nichts kommen, als höchstens das Alumnus-Brot. Darauf bezog er das Gymnasium poeticum in Regensburg, um nicht nur in einer größern Stadt zu hungern, sondern auch darin statt des Laubes die eigentliche Blüte seines Wesens zu treiben. Und diese war die Tonkunst. In der Kapelle des damaligen Fürsten von Thurn und Taxis, – des bekannten Kenners und Gönners der Musik – konnte er der Heiligen, zu deren Anbetung er geboren war, dienen. Klavier und Generalbaß erhoben ihn zwei Jahrzehende später zu einem geliebten Kirchenkomponisten des Fürstentums Baireuth. An Karfreitagabenden erfreuete er oft sich und uns Kinder mit den Darstellungen der heiligen Allmacht, womit an eben diesen Tagen die Töne in katholischen Kirchen die Seelen hoben und heiligten. Ich muß leider bekennen, daß mir, als ich vor einigen Jahren in Regensburg war, unter allen dortigen Antiken und Vergangenheiten – nicht einmal den Reichstag ausgenommen – das väterliche gedruckte Leben die Wichtigste war; und ich dachte im Thurn und Taxischen Palast und in den engen Gassen, wo ein paar Dickbäuche ein schweres Ausweichen haben, oft an die einklemmenden Wege und engen Pässe seiner Jugendtage. Darauf studierte er statt der Tonkunst in Jena und Erlangen Theologie, vielleicht bloß um in Baireuth, wo sein Sohn alle diese Nachrichten sammelt, als Hauslehrer eine Zeit lange, d. h. bis in sein 32tes Jahr, sich abzuplagen. Denn schon 1760 rang er dem Staate den Posten eines Organisten und Tertius in Wonsiedel ab; und machte sonach unter dem Baireuther Markgrafen mehr und früheres Glück als jener Kandidat in Hannover, wovon ich gelesen, welcher 70 Jahre alt wurde und doch keine andere Stelle in der Kirche bekam als eine darneben im Kirchhofe.

Nur fürchte aus dem bisherigen ja niemand von meinen Zuhörern, daß sie etwan einen Vater von mir vorbekommen, welcher erbärmlich wie einige neuere Überchristen in tränennasse Schnupftücher eingewindelt daherzieht; er lebte auf Flügeln, und wurde als der anmutigste Gesellschafter voll Scherz in den Familien von Brandenburg und Schöpf gesucht. Die Kraft des geselligen Scherzes begleitete ihn durch sein ganzes Leben, indes er im Amte als strengster Geistlicher und auf der Kanzel als sogenannter Gesetzprediger galt. In seiner Vaterstadt gewann er durch seine begeisterten Predigten seine Anverwandten, in Hof im Vogtland noch etwas Wichtigeres, eine Braut und was noch schwerer war, die reichen Schwiegereltern dazu. Wenn ein Bürger, der durch Tuchmachen und Schleierhandel wohlhabend geworden, von seinen zwei einzigen Töchtern die schönste kränklichzart gebildete und geliebteste einem dürftigen Tertius, der mit seinen Gläubigern eine Tagreise von ihm wohnt, nicht versagt: so konnte auf der einen Seite dieser Tertius nur mit vielem Verdienste der persönlichen Erscheinung und mit dem Ruhm und Eindruck großer Kanzelgaben Tochter und Eltern erobert haben, und auf der andern mußte in dem Tuchmacher eine über sein Tuch und Geld erhobene Seele wohnen, für welche der Stand des Talents und der geistlichen Würde in einem höhern Lichte erschien als der gleitende Silberhaufe eines gemeinen Wesens. Im Jahre 1761 den 13ten Oktober ging die Liebende als Braut mit ihren Schätzen in sein enges Schulhäuschen, das er zum Glück ohnehin durch kein Hausgeräte noch enger gemacht. Sein heiteres Leben, seine Gleichgültigkeit gegen Geld verbunden mit seinem Vertrauen auf seine Haushälterin ließen in der Tertiat-Konchylie überflüssig-leeren Raum für alles offen, was aus Hof von fahrender Habe Platz nehmen wollte; – aber meine Mutter – so waren die damaligen Eheleute und einige jetzige – stieß sich in der ganzen Ehe so wenig an diese Leerheit als mein Vater selber. Der kräftige Mann muß den Mut haben, ebensogut eine Landreiche zu ehelichen als eine Hausarme.

In meinen historischen Vorlesungen wird zwar das Hungern immer stärker vorkommen – bei dem Helden steigts sehr – und wohl so oft als das Schmausen in Thümmels Reisen und das Teetrinken in Richardsons Clarisse; aber ich kann doch nicht umhin, zur Armut zu sagen: sei willkommen, sobald du nur nicht in gar zu späten Jahren kommst. Reichtum lastet mehr das Talent als Armut und unter Goldbergen und Thronen. liegt vielleicht mancher geistige Riese erdrückt begraben. Wenn in die Flammen der Jugend und vollends der heißen Kräfte zugleich noch das Öl des Reichtums gegossen wird: so wird wenig mehr als Asche vom Phönix übrig, bleiben; und nur ein Goethe hatte die Kraft, sogar an der Sonne des Glücks seine Phönixflügel nicht kürzer zu versengen. Der arme historische Professor hier möchte um vieles Geld nicht in der Jugend viel Geld gehabt haben. Das Schicksal macht es mit Dichtern wie wir mit Vögeln und verhängt dem Sänger so lange den Bauer finster, bis er endlich die vorgespielten Töne behalten, die er singen soll.

Nur aber verschone, gerechtes Geschick, einen alten Menschen mit Darben! Der, gerade dieser soll und muß etwas haben; seinen Rücken haben schon die schweren Jahre zu krumm gebogen, und er kann sich nicht mehr aufrichten und wie Jünglinge Lasten leicht tragen auf dem Kopfe. Der alte Mensch braucht die Ruhe in der Erde schon auf ihr; denn er hat ja keine pflanzende blühende Zukunft mehr als Folie für seine Gegenwart. Er will zwei Schritte vom letzten und tiefsten Schlafbette ohne andere Vorhänge als Blumen im Großvaterstuhl des Alters noch ein wenig ruhen und schlummern und noch einmal halb im Schlafe die Augen aufmachen und die alten Sterne und Wiesen seiner Jugend anschauen, und ich habe so wenig dagegen – da er doch sein Wichtigstes getan hat, sogar für die andere Welt – wenn er sich abends freuet auf sein Frühstück und am Morgen auf sein Bett und wenn ihn als zum zweiten Male ein Kind die Welt unter den unschuldigen Sinnenfreuden entläßt, womit sie ihn als erstes aufgenommen.

Nur einen einzigen Fehlentschluß meines Vaters könnte man vielleicht auf die Rechnung der Dürftigkeit setzen, daß er nämlich anstatt sein ganzes musikalisches Herz der Tonmuse zu geloben, wie ein Mönch sich dem Predigtamte hingab und daß er sein Ton-Genie in eine Dorfkirche begraben ließ. Freilich war damals – zumal nach der Meinung bürgerlicher Schwiegereltern – das Kirchenschiff das Proviant- und Luftschiff und der dürftige Musensohn suchte in den Kanzelhafen einzulaufen.

Aber wer eine nicht von Bedürfnissen und Abrichtungen aufgedrungne mit ihm aufgewachsene Deklination und Inklination seiner Magnetnadel in sich fühlt: der folge ihrer Weisung getrost als einer Nadel durch die Wüste hin. Hätte gegenwärtiger Professor der eignen Geschichte seinem Vater, wie dieser es selber begehrte, nachgeahmt: so hielte er jetzo statt dieser Vorlesungen heilige Amtreden, sowohl Kasual- als andere Reden und etwan im »allgemeinen Magazin für Prediger« dürft' er stehen, nur leider dasselbe über Gebühr anschwellend.

Aber mein Vater wurde im Grunde weder sich noch der Ton-Muse untreu. Besuchte sie ihn denn nicht als alte Geliebte im Nonnengewande der heiligen Jungfrau und brachte ihm im einsamen tonlosen Pfarrdorf Joditz jede Woche Kirchenmusiken mit? – Und auf der andern Seite wohnte noch eine andere Kraft neben seiner musikalischen in ihm und suchte ihren Spielraum, die Kanzel; denn wenn gewöhnlich der große Tonkünstler nach einer alten Bemerkung nur das sinnliche Trinken und nach Lavater das sinnliche Essen sucht und so der Kapellmeister als sein Selbkellermeister und als sein Selbspeisemeister erscheint: so hört man eben nicht, daß sie besondere Kanzelredner dabei waren. Beredsamkeit, die prosaische Wand- und Türnachbarin der Poesie, wohnte im Predigerherzen meines Vaters; und dieselben Sonnenstrahlen des Genius, die am Morgen seines Lebens in ihm wie in einem Memnons-Bild Wohllaute weckten, wurden später auf der Kanzel warmes Licht und endlich der Donner der Gesetzpredigten.

– Ich merke wohl, meine Zuhörer, daß ich lange von meinen Anverwandten rede und sie sehr lobe; aber ich will ja sogleich von mir zu reden anfangen und kaum damit aufhören. Zwar das Lob selber, das ich meinen Vätern hier erteile, käme ihm, wenn er noch lebte, noch so bedeutend vor als es mir selber leer erscheint, wenn ich mir ihn in der Ewigkeit vorstelle, wo er sich unter den Seligen nicht sonderlich damit brüsten wird, daß er im Jahr 1818 von meinem Lehrstuhl herab wieder als Kirchenkomponist der Baireuther Markgrafschaft ausgerufen worden; – und ganz dasselbe und dieselbe Kälte gegen alles Loben soll mein Sohn von mir voraussetzen, wenn er einst in der Zeit, wo ich schon ein Seliger bin, den allgemeinen

Beifall, den meine Werke gewonnen, feurig der Welt erzählt; er soll aber, sowenig als ich, deshalb kälter oder kürzer malen.

Meine verehrtesten Herren, ich würde überhaupt Ihnen zehnmal lieber historische Vorlesungen über meine Voreltern halten als über mich selber. Wie anders gestaltet sich die sonst uns fremdartige Vorzeit, wenn unsere Verwandten durch sie ziehen und sie mit unserer Gegenwart verbrüdern und verketten! Und zu beneiden ist der Mann, welchen die Geschichte von Voreltern zu Voreltern namentlich zurückbegleitet und ihm eine graue Zeit in eine grüne umfärbt. Denn wir können uns die Zeiten, worin unsere Vor- und Ureltern lebten, und diese selber sogar in ihrem Alter nicht anders als im Jugendglanz und Jugendfrische denken, so wie wir unsere Nachwelt uns eigentlich aus Greisen, nicht aus Jünglingen zusammensetzen. – –

Ich kehre endlich zu dem Helden und Gegenstande unserer historischen Vorlesungen zurück und hebe besonders den Umstand heraus, daß ich in Wonsiedel (unrichtiger Wunsiedel), einer Stadt am Fichtelgebirge, geboren bin. Das Fichtelgebirge, fast die höchste Gegend Deutschlands, gibt seinen Anwohnern Gesundheit (sie können am ersten das Alexandersbad entbehren) und starken hochgebaueten Wuchs; und der Professor läßt seine Zuhörerinnen entscheiden, ob er in seiner Lehrkanzel als Bestätigung davon oder als Ausnahme erscheint. Verdrüßlich ists übrigens für einen Mann, der am liebsten in seiner Geburtstadt sich einen Namen machen will, daß die Wonsiedler gerade das R bei Mitte und Ende der Wörter verschlucken, mit welchem doch bekanntlich der Name *Richter* beginnen und beschließen muß. Übrigens standen von jeher die Wonsiedler mit den Lorbeerkränzen der Kriegtapferkeit da, die ich von ihnen als meinen Geburtstadt-Ahnen mir wünschen muß; und es ist hinlänglich bekannt, wie sie den Hussiten widerstanden und obgesiegt; und ich bin, wenn man statt der Hussiten Rezensenten setzt, vielleicht nicht aus der tapfern Art geschlagen, wenn man meine Siege über meine Feinde zählen will, vom Hussiten Nicolai an bis zum Hussiten Merkel. – Von jeher war in Wonsiedel, der sechsten Stadt in den sogenannten Sechsämtern, wenigstens für Patriotismus und für Vereine zu Hülfe und zu Recht, ein sechster Schöpfungtag und deutsche Treue und Liebe und Kraft hielten sich da auf. – Ich bin gern in dir geboren, Städtchen am langen hohen

Gebirge, dessen Gipfel wie Adlerhäupter zu uns niedersehen! – Deinen Bergthron hast du verschönert durch die Thronstufen zu ihm; und deine Heilquelle gibt die Kraft – nicht dir, sondern dem Kranken, hinaufzusteigen zum Thronhimmel über sich und zum Beherrschen der weiten Dörfer- und Länderebene. – Ich bin gern in dir geboren, kleine, aber gute lichte Stadt! –

Es ist eine bekannte Beobachtung, daß die Erstgebornen gewöhnlich weiblichen Geschlechtes sind. Von dieser Beobachtung macht der Gegenstand dieser Geschichte keine Ausnahme ungeachtet seines Rechts der Erstgeburt; denn da die Eltern im Oktober 1761 getrauet und er 1763 im März geboren worden: so ging ihm (wie er gehört) ein Wesen – für die Erde nur ein Schatten – voraus; und fing vielleicht, ohne das Licht der Welt erblickt zu haben, im Lichte einer andern das Dasein an.

Tief hinunterreichende Erinnerungen aus den Kindjahren erfreuen, ja erheben den bodenlosen Menschen, der sich in diesem Wellendasein überall festklammern will, unbeschreiblich und weit mehr als das Gedächtnis seiner spätern Schwungzeiten; vielleicht aus den zwei Gründen, daß er durch dieses Rückentsinnen sich näher an die von Nächten und Geistern bewachten Pforten seines Lebens zurückzudrängen meint und daß er zweitens in der geistigen Kraft eines frühen Bewußtseins gleichsam eine Unabhängigkeit vom verächtlichen kleinen Menschkörperchen zu finden glaubt. Ich bin zu meiner Freude imstande, aus meinem zwölf-, wenigstens vierzehnmonatlichen Alter eine bleiche kleine Erinnerung, gleichsam das erste geistige Schneeglöckchen aus dem dunkeln Erdboden der Kindheit noch aufzuheben. Ich erinnere mich nämlich noch, daß ein armer Schüler mich sehr liebgehabt und ich ihn und daß er mich immer auf den Armen – was angenehmer ist als oft später auf den Händen – getragen und daß er mir in einer großen schwarzen Stube der Alumnen Milch zu essen gegeben. Sein fernes nachdunkelndes Bild und sein Lieben schwebte mir über spätere Jahre herein; leider weiß ich seinen Namen längst nicht mehr; aber da es doch möglich wäre, daß er noch lebte hoch in den Sechzigern und als vielseitiger Gelehrter diese Vorlesungen in Druck vorbekäme und sich dann eines kleinen Professors erinnerte, den er getragen und geküßt – – ach Gott, wenn dies wäre und er schriebe oder der ältere Mann zum alten käme! – Dieses Morgensternchen frühester Erinnerung stand in den Knabenjahren noch ziemlich hell in seinem niedrigen Himmel, erblaßte aber immer mehr, je höher das Taglicht des Lebens stieg; – und eigentlich erinnere ich mich nur dies klar, daß ich mich früher von allem heller erinnert. –

Da mein Vater schon im Jahre 1765 als Pfarrer nach Joditz berufen worden: so kann ich mein Wonsiedler Kindheitreliquiarium desto reiner von den ersten frühen Joditzer Reliquien und Erinnerungen abscheiden.

Das Pfarrdorf ist nun der zweite Aufzug dieses kleinen historischen Monodramas, wo Sie, hochgeehrteste Herren und Frauen, den Helden des Stücks schon in ganz andern Entwicklungen antreffen werden in der zweiten Vorlesung. Denn jede Vorlesung spielt an einem andern Wohnorte. Es ist überhaupt die ganze Geschichte dieser Vorlesungen – oder die Vorlesungen dieser Geschichte – so kunstmäßig und glücklich durch alles geordnet, daß von den gewöhnlichen drei Einheiten eines historischen Stücks nur nach der ersten des Orts – da ich ja in den verschiedenen Orten meines Aufenthaltes vorkommen und auftreten muß – keine weiter als die Einheit der Zeit verletzt wird, weil der Held vom Antritt seines Lebens bis zum Antritt seiner Professur ja immer aus einer Zeit in die andere gehen muß, noch abgerechnet, daß er unter dem Darstellen und Spielen des Stücks ja selber durch Älterwerden die Einheit der Zeit beleidigt. Dafür entschädigt aber die durchgängige Einheit des Interesses, die schwerlich größer zu denken ist. Schon hebt aber das Steigen unseres Helden an und wir haben die Freude, die historische Person, die wir als bloßen Tertiussohn in der ersten Vorlesung verlassen, schon nach zwei Jahren als Pfarrsohn in der zweiten anzutreffen; denn 1765 wurde mein Vater nach Joditz voziert von der Freifrau von Plotho in Zedwitz, eine geborne Bodenhausen, die Gemahlin desselben Plotho, der unter Friedrich dem Einzigen im Reichstag einen österreichischen Gesandten geradezu aus Gründen die Treppe herabgeworfen.

Zweite Vorlesung

(welche den Zeitraum von 1765 bis 1775 umfaßt)

Joditz – Dorfidyllen

Verehrteste Herren und Frauen!

Sie finden jetzo den Professor der Selbergeschichte im Pfarrdorfe Joditz, wo er in einer Weiberhaube und einem Mädchenröckchen mit seinen Eltern eingezogen; die Saale, gleich mir am Fichtelgebirge entsprungen, war mir bis dahin nachgelaufen, so wie sie, als ich später in Hof wohnte, vorher vor dieser Stadt unterwegs vorbeiging. Der Fluß ist das Schönste, wenigstens das Längste von Joditz, und läuft um dasselbe an einer Berghöhe vorüber, das Örtchen selber aber durchschneidet ein kleiner Bach mit seinem Stege kreuzweise. Ein gewöhnliches Schloß und Pfarrhaus möchten das Bedeutendste von Gebäuden da sein. Die Umgegend ist nicht über zweimal größer als das Dörfchen, wenn man nicht steigt. – Und doch ist das Dorf für einen Professor der eignen Geschichte noch wichtiger als die Stadt der Geburt, weil er in ihm das Wichtigste, nämlich die Knabenolympiaden verlebte.

Niemals konnt' ich den 19 Städten, die sich (nach Suidas) um die Ehre homerische Geburtörter zu sein, zankten, meine Stimme geben, ebensowenig als den verschiednen holländischen Ortschaften, die (nach Bayle) sämtlich den Erasmus geboren haben wollten; denn sogar am Orte des Grabes konnten Einwohner mehr Anteil des Verdienstes – vielleicht auch Tadels – haben als an dem Orte der Wiege. Obgleich im ganzen so gar viele Fürsten in Residenzstädten geboren werden: so rühmen sich doch London, Paris, Berlin und Wien nicht damit; sonst müßten sich im umgekehrten Verhältnisse alle die Städte und Dörfer schämen, wo große Spitzbuben geboren worden. Höchstens Geburtländer möchten die Ehre der Geburtörter sich anmaßen dürfen, wenn in ihnen durch die Mehrheit guter Geburten etwas für ihren Himmelstrich und die Bewohner desselben entschieden wird; aber *ein* Pindar in Bäotien macht aus diesem noch keinen Schwalbensommer.

Aber die eigentliche Geburtstadt und zwar die geistige ist der erste und längste Erziehort; sogar schon für die weltberühmten Männer, welche Erziehung selten brauchen und selten gebrauchen; wieviel mehr aber für dorf- und stadtberühmte Mittel-Männer, wie mein Held ist, der so viel durch Erziehen und Verziehen gewonnen und der durch beides in Verbindung mit Lektüre (nur eine größere Er- und Verziehanstalt) wirklich das geworden, was er eben ist, ein Hildburghäuser Gesandtschaftrat, ein Heidelberger Doktor der Philosophie und nachher ein dreifaches Mitglied verschiedener Gesellschaften und gegenwärtiger unwürdiger Besitzer dieses selberhistorischen Professorats.

Lasse sich doch kein Dichter in einer Hauptstadt gebären und erziehen, sondern womöglich in einem Dorfe, höchstens in einem Städtchen. Die Überfülle und die Überreize einer großen Stadt sind für die erregbare schwache Kindseele ein Essen an einem Nachtisch und Trinken gebrannter Wasser und Baden in Glühwein. Das Leben erschöpft sich an ihm in der Knabenzeit und er hat nun nach dem Größten nichts mehr zu wünschen als höchstens das Kleinere, die Dorfschaften. Man gewinnt und errät aber nicht so viel, wenn man aus der Stadt ins Dorf kommt als umgekehrt aus Joditz nach Hof. Denk' ich vollends an das Wichtigste für den Dichter, an das Lieben: so muß er in der Stadt um den warmen Erdgürtel seiner elterlichen Freunde und Bekanntschaften die größern kalten Wende- und Eis-Zonen der ungeliebten Menschen ziehen, welche ihm unbekannt begegnen und für die er sich so wenig liebend entflammen oder erwärmen kann als ein Schiffvolk, das vor einem andern fremden Schiffvolk begegnend vorübersegelt. Aber im Dorfe liebt man das ganze Dorf und kein Säugling wird da begraben, ohne daß jeder dessen Namen und Krankheit und Trauer weiß; Joditzer haben sich alle ineinander hineingewohnt und hineingewöhnt; – und dieses herrliche Teilnehmen an jedem, der ein Mensch, welches daher sogar auf den Fremden und den Bettler überzieht, brütet eine verdichtete Menschenliebe aus und die rechte Schlagkraft des Herzens. – Und dann, wenn der Dichter aus seinem Dorfe wandert, bringt er jedem, der ihm begegnet, ein Stückchen Herz mit und er muß weit reisen, eh er endlich damit auf den Straßen und Gassen das ganze Herz ausgegeben hat. –

Allerdings gibt es noch ein größeres Unglück als das, in einer Hauptstadt erzogen zu sein – nämlich das, unterwegs erzogen zu werden als ein vornehmes Kind, das nun jahrelang durch fremde Städte und Menschen fährt und kein Haus kennt als den Kutschenkasten.

Wir nähern uns wieder mehr unserem Pfarrsohne, dessen Leben in Joditz ich am besten darzustellen glaube, wenn ich dasselbe später als einen ganzen Idyllenjahrgang vorüberziehen lasse. Aber wie Nebelwetter gehe das voraus, was nicht zu den hellen Tagen gehört – und dies ist mein Unterricht; obwohl freilich am Ende – erst nach 10 Jahren –- dieser Nebel fiel. Alles Lernen war mir Leben, und ich hätte mit Freuden, wie ein Prinz, von einem Halbdutzend Lehrern auf einmal mich unterweisen lassen, aber ich hatte kaum einen rechten. Noch erinnere ich mich der Winterabendlust, als ich aus der Stadt endlich das mit einem Griffel als Zeilenweiser versehene Abcbuch in die Hand bekam, auf dessen Deckel schon mit wahren goldnen Buchstaben (und nicht ohne Recht) der Inhalt der ersten Seite geschrieben war, der aus wechselnden roten und schwarzen bestand; ein Spieler gewinnt bei Gold und rouge et noir weniger an Entzücken als ich bei dem Buche, dessen Griffel ich nicht einmal anschlage. Damit bezog ich nun – nachdem ich bei meinem Innern Privatissima genug genommen und die tiefern Schulklassen durchgemacht – in einer grüntaftnen Haube, aber schon in Höschen (die Schulmeisterin ersetzte öffentlich dabei meine schwachen Händchen) die hohe Schule, nämlich die der Pfarrwohnung gegenübergelegene Schulmeisterwohnung und sagte gleich jedem auf mit dem Griffel. Wie gewöhnlich gewann ich alles Lebende in der Stube lieb, und den lungensüchtigen magern, aber aufgeweckten Schulmeister zuerst, mit welchem ich alle Wartangst teilte, wenn er hinter seinen zum Fenster hinausgehaltenen Finkenkloben auf einen anfliegenden Stieglitz lauerte, oder wenn er das Zuggarn über die Emmerlinge auf dem Vogelherde draußen im Schnee herüberzuschlagen vorhatte. Aus der grönländischen Winterschwüle der vollen Schulstube erinnre ich mich noch vergnügt der langen ausgestopften Zapfen aus Leinwand, welche in kleinen durch die Holzwand gebohrten Luftlöchern steckten und die man nur herauszuziehen brauchte, um in den offnen Mund die herrlichsten Erfrischungen von Luft aus dem Froste draußen einzunehmen. Jeder neue Schreibbuchstabe vom Schulmeister erquickte mich wie andere ein Gemälde; und um das Aufsagen der Lektion beneidete ich andere, da ich gern wie die Seligkeit des Zusammensingens auch die des Zusammenbuchstabierens genossen hätte.

War es 12 Uhr und das Essen noch nicht fertig: so konnte mir und meinem verstorbnen Bruder Adam, ob ihm gleich jedes Vogelnest lieber war als ein ganzer Musensitz, nichts Erwünschteres begegnen; denn wir flogen mit unserem Hunger in die Schule, um keine Minute zu versäumen, sondern ihn erst nachher zu stillen. Man machte viel aus dieser lernbegierigen Aufopferung; aber ich weiß noch gut, daß an ihr die gewöhnliche Neigung der Kinder, von der täglichen Ordnung abzuweichen, den größern Anteil hatte; wir wollten gern um 3 Stunden später essen; gerade so wie wir deshalb uns auf das Spätessen des Fast- und Bußtags freuten. Geht alles im Hause recht durcheinander – z. B. durch Ausweißen der Zimmer, oder gar durch Ausziehen in ein fremdes Haus oder durch Ankunft vieler Gäste – so wissen sich die kleinen Menschnarren nichts Schöneres.

Leider schloß ich mir selber durch eine unzeitige Klage bei meinem Vater, daß ein langer Bauersohn (*Zäh* ist sein Name für die Nachwelt) mich mit einem Einlegmesser ein wenig auf die Fingerknöchel geschlagen, auf immer die Schulstube zu. Er, in seinem ehrgeizigen Zorne, gab nun mir und meinen Brüdern allein den Unterricht; und mir gegenüber mußt' ich jeden Winter die Schulkinder in einen Hafen einlaufen sehen, der mir versperrt war. Indes blieb mir doch die Nebenfreude, häufig dem Schulmeister die Bullen und Dekretalen seines Dorfpapstes zu überbringen und statt der römischen agnus dei oder geweihten Windeln und Rosen Christgeschenke, die Schlachtschüssel, oder sonst einen Teller mit Essen.

Vier Stunden vor- und drei nachmittags gab unser Vater uns Unterricht, welcher darin bestand, daß er uns bloß auswendig lernen ließ, Sprüche, Katechismus, lateinische Wörter und Langens Grammatik. Wir mußten die langen Geschlechtregeln jeder Deklination samt den Ausnahmen, nebst der beigefügten lateinischen Beispiel-Zeile lernen, ohne sie zu verstehen. Ging er an schönen Sommertagen über Land: so bekamen wir so verdammte Ausnahmen wie panis piscis zum Hersagen für den nächsten Morgen auf, von welchen mein Bruder Adam, dem der ganze lange Tag kaum zu seinem Herumrennen und Kindereien aller Art zulangte, gewöhnlich kein Achtel im Kopfe übrig hatte. Denn nur selten erlebte er das Glück, so köstliche Deklinationen wie scamnum oder gar wie cornu in der Einzahl, wovon er allerdings jedesmal wenigstens die lateinische Hälfte trefflich herzusagen wußte, aufgegeben zu bekommen. Übrigens glauben Sie mir, meine Herren und Frauen, wars gar nichts Leichtes, an einem blauen Juniustag, wo der Allherrscher Vater nicht zu Hause war, sich selber in einen Winkel festzusetzen und gefangen zu nehmen und zwei oder drei Seiten von Vokabeln desselben Buchstabens und ähnlichen Klanges auswendig zu lernen, an einem blauen langen Wonnetag, sag' ich, war es nichts Leichtes, sondern mehr an einem weißdunkeln kurzen Dezembertag und man muß sich nicht wundern, wenn mein Bruder Adam desfalls immer Schläge von solchen Tagen davontrug. Professor dieser eignen Geschichte darf aber den allgemeinen Satz aufstellen, daß er überhaupt *niemal* in seinem ganzen *Schüler*leben ausgeprügelt worden, weder gliederweise, geschweige vollends im ganzen; der Professor wußte immer das Seinige.

Nur werfe dieses bloße Auswendiglernenlassen kein falsches Licht auf meinen unverdroßnen und liebevollen Vater. Er, der den ganzen Tag dem Aufschreiben und Auswendiglernen der Predigten für seine Bauern opferte bloß aus überstrenger Amtgewissenhaftigkeit, da er die Kraft seiner improvisierenden Beredsamkeit mehrmal erfahren hatte, und er, der im wöchentlichen Besuche der Schulstube und im Verdoppeln öffentlicher Kinderlehren und überall die Pflichten mit Opfern überbot, und der mit einem weichen warmen Vaterherzen an mir am meisten hing und leicht über kleine Zeichen meiner Anlagen oder Fortschritte in frohes Weinen ausbrach, dieser Vater machte in seiner ganzen Erziehweise keine andern Fehler – so seltsame auch noch vorkommen mögen – als die des Kopfes, nicht des Willens.

Eigentlichen Schullehrern ist sogar diese Methode anzuempfehlen, weil bei keiner so viel Zeit und Mühe zu ersparen ist, als bei dieser wahrhaft bequemen, wo der Zögling am Buche den Vikarius oder Adjunktus des Lehrers oder dessen curator absentis bekommt und wie ein kräftiger Hellseher, sich selber magnetisiert. Ja dieses geistige Selberstillen der Kinder läßt eine solche Ausdehnung zu, daß ich mir getraue, durch die bloße Briefpost ganzen Schulen in Nordamerika vorzustehen oder in der alten Welt funfzig Tagreisen entfernten, indem ich meiner Schuljugend bloß schriebe, was sie täglich auswendig zu lernen hätte, und einen unbedeutenden Menschen hielte, dem sie es hersagte, und ich genösse das Bewußtsein ihrer schönen geistigen Fastensonntage reminiscere.

Im Speccius übersetzte ich auf Befehl viel vom Anfange ins Lateinische mit der Freude, womit ich jeden neuen Zweig des Lernens abbeerte; die letzte Hälfte desselben bracht' ich von selber ins Latein, aber ohne einen Korrektor der Fehler zu finden. Die Colloquia (Gespräche) in Langens Grammatik weissagt' ich mir deutsch aus Sehnsucht ihres Inhalts; aber mein Vater ließ mich in Joditz nichts übersetzen. In einer lateinisch geschriebnen Grammatik der griechischen Sprache studiert' ich durstig und hungrig das Alphabet und schrieb am Ende ziemlich griechisch, was nämlich die Handschrift anlangt. Wie gern hätt' ich mehr gelernt und wie leicht! Wenn nicht der Leib, doch der Geist einer Sprache fuhr leicht in mich hinein, wie die dritte Vorlesung unseres Winterhalbjahrs wohl der Welt am besten zeigen wird.

Nur einmal an einem Winter-Nachmittage – ich mochte etwa 8 oder 9 Jahre alt sein – als mein Vater ein kleines lateinisches Wörterbuch mit mir treiben wollte, d. h. es mich auswendig lernen lassen und ich ihm die erste Seite vorher abzulesen hatte: las ich lingua ungeachtet seiner Verbesserung nicht lingwa, sondern immer lingua; und wiederholte denselben Fehler allen Korrekturzeichen zum Trotze so oft, daß er wild wurde und in zorniger Ungeduld auf immer mir das Vokabelbuch und dessen Erlernen entzog. Noch jetzo kann ich der Quelle dieser hartnäckigen Dummheit nicht auf den Grund kommen; mein Herz aber – dies sagt' es selber mir durch mein ganzes Leben hindurch – war mit keinem Mutwillen im Spiele, so wie überall nicht, so am wenigsten hier gegen den Vater, der mir ja durch ein neues Lernbuch eine neue Knabenlust anbot. Es wird aber absichtlich dieser historische Zug in unserem Hörsaale erzählt, damit die Unparteilichkeit des Geschichtforschers und Geschichtprofessors sich durch die Mängel erweise, auf die er sogar geradezu an einem Helden anerkennend hinweiset, den er sonst gern überall, wo nur Wahrheit es verstattet, im glänzendsten Licht vorführt. Übrigens aber wie oft sagen unverstanden und mißverstanden die armen unschuldigen Menschen im Leben lin-gua anstatt des so richtigen ling-wa, und noch dazu mit der Zunge (lingua), die zugleich auch Sprache bedeutet! –

Geschichte übrigens – sowohl alte als neue –, Naturgeschichte, ferner das Wichtigste aus der Erdbeschreibung, desgleichen Arithmetik und Astronomie so wie Rechtschreibung, alle diese Wissenschaften lernt' ich zwar hinlänglich kennen, aber nicht in Joditz – wo ich recht gut ohne ein Wort von ihnen zwölf Jahre alt wurde – sondern mehre Jahre später schriftlich und brockenweise aus der Allgemeinen Bibliothek. Desto lechzender war mein Durst nach Büchern in dieser geistigen Saharawüste. Ein jedes Buch war mir ein frisches grünes Quellenplätzchen, besonders der orbis pictus und die Gespräche im Reiche der Toten; nur war die Bibliothek meines Vaters, wie manche öffentliche, selten offen, ausgenommen wenn er nicht darin und daheim war. Wenigstens lag ich doch oft auf dem platten Dache eines hölzernen Gitterbettes (ähnlich einem vergrößerten Tierkäfig) und kroch wie der große Jurist Baldus auf Büchern, um eines für mich zu haben. Man erwäge nur, in einem volkleeren Dorfe, in einem einsamen Pfarrhause mußten für eine so hörbegierige Seele Bücher sprechende Menschen, die reichsten ausländischen Gäste, Mäzene, durchreisende Fürsten und erste Amerikaner oder Neuweltlinge für einen Europäer sein.

Ich verstand zwar die Quartbände der Gespräche im Reiche der Toten als ein historischer Abcschütz nicht im geringsten; aber ich las sie so gut wie die Zeitungen als ein geographischer, und konnte aus beiden viel berichten. So wie ich meinem Vater aus jenen erzählte – einmal abends ohne seine Mißbilligung die während seiner Abwesenheit gelesene Liebegeschichte der Roxelane mit dem türkischen Kaiser – so trieb ich es ebensoweit mit Zeitungen-Extrakten bei einer alten Edelfrau. Er bekam nämlich von seiner Patronatherrin Plotho in Zedwitz die Baireuther Zeitung geschenkt; monatlich, oder vierteljährig – sooft er eben nach Zedwitz ging – brachte er einen Monat- oder Vierteljahrgang auf einmal nach Hause und ich und er lasen sie mit Nutzen, eben weil wir sie mehr band- als blattweise bekamen. Eine politische Zeitung gewährt, nicht blatt- sondern heft- und bandweise gelesen, wahrhafte Berichte, weil sie erst im Spielraume eines ganzen Heftes Blätter genug zum Widerruf ihrer andern Blätter gewinnt, und sie kann gleich dem Winde ihre wahre Farbe nicht in einzelnen Stößen und Stücken zeigen, sondern nur in ihrem großen Umfang, wie eben gedachte Luft erst in Masse ihre himmelblaue Farbe. Gewöhnlich am Morgen trug ich meinen Neuigkeiten-Atlas in das Schloß zur alten Frau von Reizenstein und weissagte ihr am Kaffeetischchen eines und das andere von dem, was ich ihr gebracht, und ließ mich loben. Noch erinnere ich mich einer damals oft vorkommenden Mehrzahl »Konföderierte«. Höchst wahrscheinlich war in Polen der Plural; aber ich entsinne mich nicht des geringsten an ihnen genommenen Anteils, wahrscheinlich weil ich nichts vom ganzen Handel verstand. So parteilos und ruhig wurden nun in unserem Dorfe die polnischen Affären beurteilt, sowohl von mir als von der alten Frau von Reizenstein, meiner Zuhörerin.

Die lerndurstigen Wurzeln unsers Helden drängten und krümmten sich überall umher, um zu erfassen und zu saugen. Er verfertigte Uhren, bei denen ihm die Zifferblätter am besten gerieten und welche ihren Perpendikel und *ein* Rad und Gewichter hatten und gut standen. Sogar eine Sonnenuhr erfand er, indem er auf einem Holzteller ein Zifferblatt mit Dinte schrieb und den Teller mit dem Zeigerblech nach der Turmuhr stellte und befestigte; und so wußt' er häufig, welche Zeit es war. Zifferblätter macht' er, wie viele Staaten, am liebsten an Uhren und voraus und, wie Lichtenberg den

Buchtitel, früher als das Werk. Den gegenwärtigen Schriftsteller zeigte schon im kleinen eine Schachtel, in welcher er eine Etui-Bibliothek von lauter eignen Sedezwerkchen aufstellte, die er aus den bandbreiten Papierabschnitzeln von den Oktavpredigten seines Vaters zusammennähte und zurechtschnitt. Der Inhalt war theologisch und protestantisch und bestand jedesmal aus einer aus Luthers Bibel abgeschriebenen kleinen Erklärnote unter einem Verse; den Vers selber ließ er im Büchelchen aus. So lag in unserem Friedrich Richter schon ein kleiner Friedrich von Schlegel, der gleichfalls in seinem Auszuge »Lessings Geist« dessen Meinungen über gewisse Schriftstellen auszog, die Stellen selber aber nicht besonders angab.

Gleicherweise warf sich unser Held auch auf die Malerei; mehre reitende Potentaten saßen oder vielmehr lagen ihm, wenn er mit einer Gabel alle ihre Züge so durchfuhr, daß ein fettiges Rußblatt unter ihnen sie mit der Kehrseite treffend auf einem weißen Blatte nachdruckte. Ob er nicht zu einem zweiten Raphael Mengs, den man nicht wie den ersten *zu* dem Malen hin, sondern *von* ihm weg zu prügeln hatte, unter einem andern Sonnenstande aufgeschossen wäre, weil sich daraus etwas vermuten lasse, daß er nach dem Geschenke eines Farbenkästchens den ganzen orbis pictus (die gemalte Welt) nach dem Leben durchgefärbt, das im Kästchen war, sollt' ich vor der Hand nicht glauben, so farbig auch in seiner Erinnerung die ersten rotgefleckten Lederbälle und die viereckten roten Ziegel und die von ihm geformten Schiefer und die herrlichen Farbenmuscheln im Kästchen und die grünlichen Goldkäfer noch nachschimmern. Es wäre nur um etwas weniges richtiger als wenn man aus seiner Kunst, im Winter Heringe zu machen, auf einen künftigen großen Kameralkorrespondenten schließen wollte. Sein Kunstgriff nämlich, sich auf dem Lande den Hering zu ersetzen in solcher Ferne von der Küste, bestand darin, daß er, wenn er Semmel holen mußte, in den Bach watete und leise einen Stein aufhob, worunter eine Grundel oder ein noch kleineres Fischchen zu fangen war. Diese tat er in einen ausgehöhlten Krautstrunk (er stellte eine Heringtonne vor) und salzte sie gehörig ein und so hätt' er, sobald das Tönnchen voll war, Heringe zu essen gehabt, wenn nicht alles gestunken hätte. Nicht besser, sondere noch schlechter würden zu Vorläufern eines kleinen Kameralkorrespondenten Surrogat-Erfindungen wie solche sich eignen, daß er braun getrocknete Birnhälften für kleinere Schinken, in Scherben gebratene abgeschnittene Taubenfüße für ein fertiges Essen gab oder daß er Schnecken auf die Weide trieb. In der Tat äußerst lächerlich würde mir jeder künftige Geschichtforscher des gegenwärtigen Geschichtforschers sein, der aus aufgelesenen Bruchstücken, wie sie in jeder andern Kindheit umhergestreuet sind, etwas besonderes zusammenlesen wollte; der närrische Mann würde mir bloß wie jener Pariser Balbier vorkommen, der mit Beistand eines Jesuiten mehre Elefantenknochen zusammenstellte und sie für das wahre Gerippe des deutschen Riesen Teutobachs verkaufte. Nicht der Bart macht einen Philosophen, obwohl einen Matrosen oder einen Missetäter, wenn beide damit aus Schiff und Kerker steigen, weil sie darin nicht unter das Balbiermesser kommen.

Da die uferlose Tätigkeit unseres Helden sich mehr auf geistige als auf körperliche Spiele warf – die er aber alle mit unsäglicher Wollust trieb –: so erfand er auch statt neuer Sprachen neue Buchstaben. Er nahm geradezu die Kalenderzeichen – oder geometrische aus einem alten Buche – oder chemische – oder neueste aus seinem Kopfe und setzte daraus ein ganz neues Alphabet zusammen. Hatt' er es fertig: so war sein erstes, daß er selber von seinem alphabetischen Solitär Gebrauch machte und eine oder ein paar Seiten voll abgeschriebner Materien darein kleidete. So war er zwar sein eigner Geheimschreiber und Versteckens-Spieler mit sich selber: konnte aber doch – ohne nur in die Büttnerschen Vergleichtafeln aller Schriftarten zu gucken – auf der Stelle seine neue so leicht weglesen wie eine gewöhnliche, weil er diese eben buchstabenweise schon als Steckbrief unter die heimliche gestellt und er bloß nachzusehen brauchte. Diesmal könnte man es vielleicht dem mehr besagten Geschichtforscher weniger verdenken, wenn er aus diesem Verziffern und Entziffern, das schon in so früher Zeit weniger im Inhalte als in der Einkleidung seinen Wert setzte, eine Anlage zu einem Gesandtschaftrate oder wirklichen Gesandten sehen wollte; und in der Tat hab' ich später mir den Charakter eines Legationrates erworben und könnte noch heute manches verziffern.

Der Tonkunst war meine Seele (vielleicht der väterlichen ähnlich) überall aufgetan und sie hatte für sie hundert Argus-Ohren. Wenn der Schulmeister die Kirchengänger mit Finalkadenzen heimorgelte; so lachte und hüpfte mein ganzes kleines gehobnes Wesen wie in

einen Frühling hinein; oder wenn gar am Morgen nach den Nacht-
tänzen der Kirchweihe, welchen mein Vater am nächsten Sonntage
lauter donnernde Bannstrahlen nachschickte, zu seinem Leidwesen
die fremden Musikanten samt den gebänderten Bauerpurschen vor
der Mauer unseres Pfarrhofes mit Schalmeien und Geigen vorüber-
zogen: so stieg ich auf die Mauer und eine helle Jubelwelt durch-
klang meine noch enge Brust und Frühlinge der Lust spielten darin
mit Frühlingen und an des Vaters Predigten dacht' ich mit keiner
Silbe. Stunden widmete ich auf einem alten verstimmten Klaviere,
dessen Stimmhammer und Stimmeister nur das Wetter war, dem
Abtrommeln meiner Phantasien, welche gewiß freier waren als
irgend kühne in ganz Europa, schon darum, weil ich keine Note
kannte und keinen Griff und gar nichts; denn mein so klavierferti-
ger Vater wies mir keine Taste und Note. Aber wenn ich doch zuweilen – wie gute neue Tonsetzer für Seil- und Hexentänze und
Finger auf Klaviersaiten – eine kurze Melodie oder Harmonie von
drei bis sechs Saiten aufgriff: so war ich ein seliger Mann und wiederholte den Fingerfund so unaufhörlich wie jeder gute neuere
deutsche Dichter einen Gehirnfund von Manier, womit er den ersten Beifall gefunden; weil er freundlicher handelnd als Heliogabal-
us, der den Koch einer *schlechten* Brühe so lange zum Fortessen
derselben verurteilte, bis er eine bessere ausgeforscht, umgekehrt
die Lesewelt vielmehr mit einer *trefflichen* Brühe so viele Leipziger
Messen hindurch bewirtet bis sie so abgestanden schmeckt wie die
schlechte des kaiserlichen Kochs.

In der künftigen Kulturgeschichte unsers Helden wird es zwei-
felhaft werden, ob er nicht vielleicht mehr der Philosophie als der
Dichtkunst zugeboren war. In frühester Zeit war das Wort Weltweisheit – jedoch auch ein zweites Wort Morgenland – mir wie eine
offne Himmelpforte, durch welche ich hineinsah in lange lange
Freudengärten. Nie vergeß' ich die noch keinem Menschen erzählte
Erscheinung in mir, wo ich bei der Geburt meines Selbbewußtseins
stand, von der ich Ort und Zeit anzugeben weiß. An einem Vormittag stand ich als ein sehr junges Kind unter der Haustüre und sah
links nach der Holzlege, als auf einmal das innere Gesicht »ich bin
ein Ich« wie ein Blitzstrahl vom Himmel vor mich fuhr und seitdem
leuchtend stehen blieb: da hatte mein Ich zum ersten Male sich selber gesehen und auf ewig. Täuschungen des Erinnerns sind hier

schwerlich gedenkbar, da kein fremdes Erzählen in eine bloß im verhangnen Allerheiligsten des Menschen vorgefallne Begebenheit, deren Neuheit allein so alltäglichen Nebenumständen das Bleiben gegeben, sich mit Zusätzen mengen konnte.

Um das Joditzer Leben unsers Hans Paul – denn so wollen wir ihn einige Zeit lang nennen, jedoch immer mit andern Namen abwechseln – am treuesten darzustellen, tun wir glaub' ich am besten, wenn wir dasselbe durch ein ganzes Idyllenjahr durchführen und das Normaljahr in vier Jahrzeiten als ebenso viele Idyllenquatember abteilen; vier Idyllen erschöpfen sein Glück.

Niemand übrigens wundere sich über ein Idyllenreich und Schäferweltchen in einem kleinen Dörfchen und Pfarrhaus. Im schmalsten Beete ist ein Tulpenbaum zu ziehen, der seine Blütenzweige über den ganzen Garten ausdehnt; und die Lebenluft der Freude kann man aus einem Fenster so gut einatmen als im weiten Wald und Himmel. Ist denn nicht selber der Menschengeist (mit allen seinen unendlichen Himmelräumen) eingepfählt in einen fünf Fuß hohen Körper mit Häuten und malpighischem Schleim und Haarröhren und hat nur fünf enge Weltfenster von fünf Sinntreffen aufzumachen für das ungeheure rundaugige und rundsonnige All; – und doch sieht und wiedergebärt er ein All.

Kaum würd' ich wissen, mit welchem unter den vier Idyllenquatembern anzufangen wäre, da jeder ein kleiner Vorhimmel des nächsten ist; indes gerät doch, wenn wir mit dem Winter und Januar anheben, das Steigern der Freuden am besten. In der Kälte war der Vater, wie ein Senne, gewöhnlich von der Treppenhöhe der Studierstube herabgezogen und hielt zur Freude der Kinder sich in der Ebene der allgemeinen Wohnstube auf. Am Morgen saß er an einer Fensterecke und lernte seine Sonntag-Predigt auswendig und wir drei Brüder Fritz (das hin ich selber) und Adam und Gottlieb (denn Heinrich kam erst gegen das Ende des Joditzer Idyllenlebens dazu) trugen abwechselnd die volle Kaffeetasse zu ihm, um noch froher die leere zurückzuholen, weil der Träger die ungeschmolzenen Reste des gegen Husten genoßnen Kandiszucker frei aus ihr nehmen durfte. Draußen deckte zwar der Himmel alles mit Stille zu, den Bach durch Eis, das Dorf mit Schnee; aber in der Wohnstube war Leben, unter dem Ofen ein Taubenstall, an den Fenstern Zeisig- und Stieglitzenhäuser, auf dem Boden die unbändige Bullenbeißerin, unsere Bonne, der Nachtwächter des Pfarrhofs, und ein Spitzhund und der artige Scharmantel, ein Geschenk der Frau von Plotho, – und darneben die Gesindestube mit zwei Mägden; und weiter gegen das andere Ende des Pfarrhauses der Stall mit allem möglichen Rind-, Schwein- und Federvieh und dessen Geschrei; unsere auch vom Pfarrhofe umschloßne Drescher könnt' ich mit ihren Flegeln auch rechnen. So von lauter Gesellschaft umgeben brachte nun leicht der ganze männliche Teil der Wohnstube den Vormittag mit Auswendiglernen nahe neben dem weiblichen Kochen zu.

Ferien fehlen keinem Geschäfte in der Welt; und so hatt' auch ich die Luftferien, – ähnlich den Brunnenferien – daß ich in den Schnee des Hofs gehen durfte und an die dreschende Scheune. Ja, war im Dorfe ein schweres Redegeschäft auszurichten, z. B. bei dem Schul-, oder bei dem Schneidermeister, so wurde ich dahin mitten aus meinen Lerngeschäften verschickt; und so kam ich denn immer ins Freie und Kalte und konnte mich mit dem neuen Schnee messen. Mittags konnten wir Kinder noch vor unserem Essen die hungrige Freude haben, daß wir die Drescher in der Gesindstube einbeißen und aufessen sahen.

Der Nachmittag wurde schon bedeutender und freudenreicher. Der Winter verkürzte und versüßte die Lernstunden. In der langen Dämmerung ging der Vater auf und ab und die Kinder trabten unter seinem Schlafrock nach Vermögen an seinen Händen. Unter dem Gebetläuten stellten sich alle in einen Kreis und beteten das Lied einstimmig ab: »Die finstre Nacht bricht stark herein.« Nur in Dörfern – nicht in der Stadt, wo es eigentlich mehr Nacht- als Tagarbeiten und Freuden gibt – hat das Abendläuten Sinn und Wert und ist der Schwanengesang des Tags; die Abendglocke ist gleichsam der Dämpfer der überlauten Herzen und ruft wie der Kuhreigen der Ebene die Menschen von ihren Läufen und Mühen in das Land der Stille und des Traums. – Nach dem süßen Warten auf den Mondaufgang des Talglichtes unter der Türe des Gesindestübchens, wurde die weite Wohnstube zu gleicher Zeit erleuchtet und verschanzt; nämlich die Fensterladen wurden zugeschlossen und eingeriegelt und das Kind fühlte nun hinter diesen Fensterbasteien und Brustwehren sich traulich eingehegt und hinlänglich gedeckt gegen die verdammten Spitzbuben, und auch gegen den Knecht Ruprecht, der draußen nicht hereinkam sondern nur vergeblich brummte

Um dieselbe Zeit geschah es dann, daß wir Kinder uns auskleiden und in bloßen langen Schlepphemden herumhüpfen durften. Idyllenfreuden verschiedner Arten wechselten. Entweder trug der Vater in eine mit leeren Folioblättern durchschoßne Quartbibel bei jedem Verse die Nachweisung auf das Buch ein, worin er über ihn etwas gelesen; oder er hatte gewöhnlicher sein rastriertes Folioschreibbuch vor sich, worauf er eine vollständige Kirchenmusik mit der ganzen Partitur mitten unter dem Kinderlärmen setzte: in beiden Fällen, in letztem aber am liebsten sah ich dem Schreiben zu und freuete mich besonders, wenn durch Pausen mancher Instrumente schnell ganze Viertelseiten sich füllten. Er dichtete seine innere Musik ohne alle äußere Hülftöne – was auch Reichard den Tonsetzern anriet – und unverstimmt von Kinderlärm. Wir saßen spielend alle *am* langen Schreib- und Eßtische, ja sogar auch *unter* ihm. Unter die Freuden, welche auf immer der schönen Kinderzeit nachsinken, gehört auch die, daß zuweilen ein so grimmiges Frostwetter eintrat, daß der lange Tisch der Wärme wegen an die Ofenbank geschoben wurde –, und wir hofften in jedem Winter auf dieses frohe Ereignis. Um den Kutschkasten von unförmlichem Ofen liefen nämlich zwei Holzbänke; und unser Gewinn bestand darin, daß wir auf ihnen sitzen und laufen konnten, und daß wir Ofensommer nah an der Haut sogar unter der Mahlzeit hatten.

Wie stieg wöchentlich mehrmal der Winterabend an Wert, wenn die alte Botenfrau mit Schnee überzogen mit ihrem Frucht- und Fleisch- und Warenkorbe aus der Stadt in der Gesindestube einlief und wir alle im Stübchen die ferne Stadt im kleinen und Auszuge vor uns hatten und vor der Nase wegen einiger Butterwecken!

In den frühern kindischem Zeiten wurde vom Vater nach dem frühen Abendessen noch ein Lustnachtisch des Winterabendes erlaubt, welchen die Viehmagd am Spinnrocken in der Gesindestube bei aller der Beleuchtung auftrug, welche die Kienspäne geben konnten, die man wie in Westfalen von Zeit zu Zeit in den Kienstock angezündet steckte. Auf diesem Nachtisch stand nun – außer mehren Konfekttellern und Eistassen mit Volkmärchen wie der Aschenbrödel – die von der Magd selber erzeugte Ananas von Geschichte eines Schäfers und seiner Tiergefechte mit Wölfen, wie zur einen Zeit die Gefahr immer größer wurde, und zur andern seine

Verproviantierung. Noch fühl' ich das Glücksteigen des Schäfers als ein eignes nach; und merke dabei nur aus eigner Erfahrung an, daß Kinder in Erzählungen von den Steigerungen des Glücks weit mehr als von denen des Unglücks ergriffen werden und daß sie die Himmelfahrten ins Unendliche hinauf-, aber die Höllenfahrten nur so tief hinabgetrieben wünschen als zur Verherrlichung und Erhöhung des Himmelthrones nötig ist. Diese Kinderwünsche werden Männerwünsche; und man würde deren Erfüllung auch vom Dichter öfter fodern, wäre nur ein neuer Himmel so leicht zu schaffen als eine neue Hölle. Aber jeder Tyrann kann unerhörte Schmerzen geben; aber unerhörte Freuden zu erfinden muß er selber Preise aussetzen. Die Grundlage davon ist die Haut; auf ihr können hundert Höllen von Zoll zu Zoll ihr Lager aufschlagen; aber die fünf Sinnenhimmel schweben luftig und einfarbig über uns. –

Nur das Ende der Winterabende streckte für den Helden eine verdrüßliche Wespenstachelscheide oder Vampyrenzunge aus. Wir Kinder mußten uns nämlich um 9 Uhr in die Gaststube des zweiten Stocks zu Bett begeben, meine Brüder in ein gemeinschaftliches in der Kammer und ich in eines in der Stube, das ich mit meinem Vater teilte. Bis er nun unten sein zweistündiges Nachtlesen vollendet hatte: lag ich oben mit dem Kopfe unter dem Deckbette im Schweiße der Gespensterfurcht, und sah im Finstern das Wetterleuchten des bewölkten Geisterhimmels und mir war als würde der Mensch selber eingesponnen von Geisterraupen. So litt ich nächtlich hülflos zwei Stunden lang, bis endlich mein Vater heraufkam und gleich einer Morgensonne Gespenster wie Träume verjagte. Am andern Morgen waren die geisterhaften Ängste rein vergessen wie träumerische; obgleich beide abends wieder erschienen. Jedoch hab' ich nie jemand anderem etwas davon gesagt als der – Welt heute.

Dieser Geisterscheu wurde allerdings durch meinen Vater selber – erzeugt nicht sowohl als – ernährt. Er verschonte uns mit keiner von allen Geistererscheinungen und Geisterspielen, wovon er gehört ja selber einige erfahren zu haben glaubte; aber er verband wie die alten Theologen, zugleich mit dem festen Glauben daran den festen Mut davor und Gott oder das Kreuz war ihr Schild gegen das Geisterall. Manches Kind voll Körperfurcht zeigt gleichwohl Geistermut, aber bloß aus Mangel an Phantasie[1] ; ein anderes hingegen – wie ich – bebt vor der unsichtbaren Welt, weil die Phantasie sie bevölkert und gestaltet, und ermannt sich leicht vor der sichtbaren, weil diese die Tiefen und Größen der unsichtbaren nie erreicht. So machte mich eine, auch schnelle, körperliche Gefahrerscheinung – z. B. ein herrennendes Pferd, ein Donnerschlag, ein Krieg-, ein Feuerlärm – nur ruhig und gefaßt, weil ich nur mit der Phantasie, nicht mit den Sinnen fürchte; und sogar eine Geistergestalt würde, hätt' ich nur den ersten Schauder überlebt, mir sogleich zu einem gemeinen Körper des Lebens gerinnen, sobald sie nicht wieder durch Mienen und Laute mich ins endlose Reich der Phantasie überstürzte. Wie aber ist nun vom Erzieher der tragischen Übermacht der geisterrufenden Phantasie zu wehren? Nicht durch Widerlegen und durch Biestersche und Wagnersche Auflösungen des Ungemeinen ins Alltägliche – denn die Möglichkeit der unaufgelöseten Ausnahmen bleibt ja festgehalten vom tiefsten Gefühl – sondern einesteils durch prosaisches Angewöhnen, Vorführen und Einquartieren an Orte und Zeiten, welche sonst die Phantasie zu ihrem Zauberrauche anzündeten, und andernteils dadurch, daß man die Phantasie selber gegen die Phantasie bewaffnet und den Geistern den Geist gegenüberstellt, dem Teufel Gott und Recht.

Sogar am Tage befiel mich bei einer besondern Gelegenheit zuweilen die Gespensterscheu. Wenn nämlich bei einem Begräbnis der Leichenzug mit Pfarrer, Schulmeister und Kindern und Kreuz und mir von der Pfarrwohnung an bei der Kirche vorüber zu dem Kirchhof neben dem Dorfe sich mit seinem Singgeschrei hinausbewegte, so hatt' ich die Bibel meines Vaters durch die Kirche in die Sakristei zu tragen. Erträglich und herzhaft genug ging es im Galopp durch die düstere stumme Kirche bis in die enge Sakristei hinein; aber wer von uns schildert sich die bebenden grausenden Fluchtsprünge vor der nachstürzenden Geisterwelt auf dem Nacken und das grausige Herausschießen aus dem Kirchentore? Und wenn einer sichs schildert, wer lacht nicht? – Indes übernahm ich jedesmal das Trägeramt ohne Widerrede und behielt mein Entsetzen still bei mir.

---

[1] Manchen Proseseelen sollte man ein bißchen Geisterfurcht als Religion und Poesie einimpfen oder lassen.

Wir kommen jetzo in eine größere Idyllenzeit, in den Joditzer Frühling und Sommer. Beide Jahrzeiten fallen aus Gründen in *eine* Idylle zusammen, zumal auf dem Lande. Eigentlich wohnt der Frühling nur im Herzen, außen in Beeten gibt es bloß Sommer, der überall nur auf Früchte und Gegenwart berechnet ist. Nur der Schnee ist der Vorhang, der bloß von der Bühne oder Erde aufgezogen zu werden braucht, so fangen für das Dorf – denn die Stadt hat ihre Lustbarkeiten nur im Winter – die Sommerlustbarkeiten andenn schon Ackern und Säen sind dem Landmann Lenzernten und jeder Tag bringt für einen Pfarrer, der seinen Feldbau hat, und für seine immer eingesperrten Söhne neue Szenen. Da werden wir armen vom ganzen Winter und Kerkermeister in den Pfarrhof eingeschloßnen Kinder, durch den vom Himmel gesandten Engel der Jahrzeit befreit und hinausgelassen in die freien Felder und Wiesen und Gärten. Da wird geackert – gesäet – gepflanzt – gemäht – Heu gemacht – Korn geschnitten – geerntet – und überall steht der Vater dabei und hilft mit und die Kinder helfen ihm nach, besonders ich als ältestes. Ihr lieben Zuhörer solltet nur wissen, was das heißt, auf einmal nicht etwa aus Stadtmauern, welche viel Feld umschließen, sondern aus Hofmauern, und zwar sogar über das ganze Dorf hinweg zu kommen in mauerfreie Bezirke hinaus und in das Dorf von oben zu sehen, in das man nicht von unten gesehen.

Mein Vater stand aber neben den Feldarbeiten nicht als ein Fronvogt (obwohl sie durch Fronbauern geschehen), sondern als freundlicher Seelenhirt, der an der Natur und an den Beichtkindern zugleich Anteil nahm. Wenn ich andere Geistliche und Rittergutbesitzer und Geizige so reichlich vom Kopf bis zum Fuße ausgerüstet sehe mit Saugerüsseln, Saugestacheln und allen Einsauggefäßen, so daß sie immer an sich ziehen: so find' ich bei meinem Vater leider das äußere Einsaugsystem fast in gar zu siechem schwachen Zustande und er dachte zehnmal des Tags wohl an das Geben – er hatte nur aber wenig dazu – aber kaum einmal an das Nehmen, womit er doch sich selber hätte etwas geben können; und wenn ich später an so manchem Mensch-Insekt gute *Freßzangen* zu bewundern hatte, so hielt er weiter nichts als *Geburtzangen* in der Hand, welche bloß fremdes Leben hervorziehen und befestigen. Himmel! wie anders – und warum sieht man es nicht mehr ein – sind rechte Kauf- und Pfarr- und Edelleute, welche, da sie auch wissen, was sich gehört, ihre Hand als einen guten Vogelkloben gebrauchen, welcher sich nur auf- und zumacht zum Fangen, und die nur die Hand eröffnen, um sie zuzuschließen.

Jetzo fing das Leben in dem, nämlich unter dem Himmel an. Die Morgen gänzen mir noch mit unvertrocknetem Tau, an welchen ich dem Vater den Kaffee in den außer dem Dorfe liegenden Pfarrgarten trug, wo er im kleinen nach allen Seiten geöffneten Lusthäuschen seine Predigt lernte, so wie wir Kinder den Lange später im Grase. Der Abend brachte uns zum zweiten Male mit der Salat brechenden Mutter in den Garten vor die Johannis- und die Himbeeren. Es gehört unter die unbekannten Landfreuden, daß man abends essen kann ohne Licht anzuzünden. Nachdem wir diese genossen hatten, setzte sich der Vater mit der Pfeife ins Freie, d. h. hinaus in den ummauerten Pfarrhof, und ich samt den Brüdern sprang im Hemdtalare in der frischen Abendluft herum und wir taten als seien wir die noch kreuzenden Schwalben über uns und wir flogen behend hin und her und trugen etwas zu Nest.

Der schönste Sommervogel indes, ein zarter blauer Schmetterling, welcher den Helden in der schönen Jahrzeit umflatterte, war seine erste Liebe. Es war ein blauaugiges Bauermädchen seines Alters, von schlanker Gestalt, eirundem Gesicht mit einigen Blatternarben, aber mit den tausend Zügen, welche eben wie Zauberkreise das Herz gefangennehmen. Augusta oder Augustina wohnte bei ihrem Bruder Römer, ein feiner Jüngling, als guter Sänger im Chore und als Rechner bekannt. Zu einer Liebeerklärung kam es zwar bei Paul nicht- sie müßte denn meine Vorlesung gedruckt in die Hand bekommen – aber von weitem spielte er doch seinen Roman lebhaft so, daß er in der Kirche von seinem Pfarrstuhle aus sie in ihrem Weiberstuhle ziemlich nahe genug ansah und nicht satt bekam. Und doch war dies nur Anfang – denn wenn sie abends ihre Weidekühe nach Hause trieb, die er am unvergeßlichen Glockengeläute erkannte, so kletterte er auf die Hofmauer, um sie zu sehen und heranzuwinken, und dann wieder herab an den Torweg um durch eine Spalte die Hand hinauszubringen – mehr vom Körper durfte nicht von den Kindern aus dem Hofe – und ihr etwas Eßbares, Zuckermandeln oder sonst etwas Köstliches, das er aus der Stadt gebracht, in die Hand zu geben. Leider trieb ers in manchen Sommern nicht dreimal soweit, sondern er mußte meistens alles Gute, besonders den Gram dazu, in sich fressen. Waren jedoch seine Mandeln einmal nicht auf einen steinigen Acker gefallen, sondern in das Eden seines Auges: so erwuchs freilich aus ihnen ein ganzer blühender, im Kopfe hängender Garten voll Duft und er ging darin wochenlang spazieren. Denn die reine Liebe will nur geben und nur durch Beglücken glücklich werden; und gäb' es eine Ewigkeit fortsteigernder Beglückung, wer wäre seliger als die Liebe? –

Die Kuhglockenspiele blieben ihm lange Zeit die Kuhreigen der hohen fernen Kindheitalpen; und noch würde sein altes Herzblut wogen und wallen, wenn diese Klänge ihm wieder begegneten; »es sind Töne,« würd' er sagen, »von Windharfen hergespielt aus weiter weiter schöner Ferne und ich möchte dabei fast weinen vor Lust.« Denn man gebe der Liebe auch nur den kleinsten Ton, und wäre die Kuh die Glöcknerin: so verdoppelt er seine orphische Zauber- und Baukraft und seine unsichtbaren Wogen wiegen und ziehen das Herz ins Ewige hin und es weiß nicht, ist es zu Hause oder in der Ferne, und der Mensch weint froh zugleich über Haben und Entbehren.

Und in dieser Brennweite der Liebe blieb Augustine gegen Paul; und er erlebte in Jahren nie eine Zeit, ihr nur die Hand zu drücken. An einen Kuß wollen wir gar nicht denken. Zuweilen flog er einem gewöhnlichen Dienstmädchen seiner Eltern, das er nicht einmal liebte, verschämt und heftig an den Mund und schon in dem Kusse brauseten Seele und Körper unbewußt und schuldlos miteinander auf; aber vollends der Mund einer Geliebten, welche gerade in der Sonnenferne auf die geistigste innigste Liebe am wärmsten herabschien, hätte ihn in heißen Himmeln eingetaucht und ihn in einen glühenden Äther zerlassen und verflüchtigt. Und doch wollte ich, er wäre schon in Joditz ein oder ein paar Male verflüchtigt geworden. – Als er oder vielmehr sein Auge in seinem dreizehnten Jahre zwei Meilen weit von der Geliebten vertrieben war, da sein Vater eine reichere Pfarrei bekommen: so packte er einem jungen Schneider aus Joditz, den der Vater aus Liebe gegen sein liebes geräumtes Dörfchen mitgenommen und mehre Wochen im neuen großen Pfarrhaus behalten, mehre artige Potentaten auf, die er mit Fett und Ruß nach ihrem gemalten Leben gezeichnet und mit dem Farbenkästchen täuschend illuminiert hatte, und ließ den Schneider Au-

gustinen sie mit dem Auftrage überbringen, die Reiter und Fürsten
wären von ihm und er schenk' ihr sie zum ewigen Angedenken.

Einen andern Liebehandel aus derselben Zeit, der nicht länger dauerte als das Mittagessen, spann er seines Orts – die junge Frau wußte kein Wort davon – ganz im stillen und tief im Busen an, als er einst in Köditz an einer vornehmen Tafel voll Erwachsener eben der gedachten jungen Frau gegenübersaß und solche anblickte in einem fort. Da entquoll in ihm für sie ein Lieben (nicht eine Liebe) unaussprechlich an Süßigkeit, unerschöpflich dem Anschauen, ein Herzens-Auseinanderwallen, ein himmlisches Vernichten und Auflösen des ganzen Menschen bloß in sein Auge. Weder sie sagte dem verzauberten Pfarrknaben ein Wort, noch weniger er ihr –, hätte sie sich aber gebückt und den armen Jungen etwa geküßt, er wäre vor lauter Himmel gen Himmel gefahren. Dennoch blieb ihm mehr das Gefühl als ihr Gesicht, von welchem er nichts behalten als die Narben. Da nun diese Schönheit schon die zweite blatternarbige ist – in spätern Vorlesungen kommen noch einige nach – so hält es der Professor für Pflicht, allen vaccinierten Zuhörerinnen zu erklären, daß er sie allerdings so gut und so hoch zu schätzen weiß wie einer, daß nur aber damals eine andere Gesichtermode gewesen. Paul hat überhaupt dies an sich, – und er macht sich heute in dieser schönen Versammlung anheischig – daß er jedes weibliche Gesicht, dessen sogenannte Häßlichkeit nur keine moralische sein darf, ohne alle kosmetische Kunstgriffe, ohne Schmink- und Salbbüchsen, ohne März- und Seifenwasser, und ohne Nachtlarven im höchsten Grade reizend und bezaubernd zu machen vermag, wenn man ihm dazu nur einige Abende, Gesänge, Herzworte einräumt, daß wohl niemand schöner erscheint als eben die gedachte Person – aber natürlich nur in seinen eignen Augen; denn wer spricht von andern?

Sehr bestätigt dies eben die erwähnte Frau; denn als er sie zwanzig Jahre darauf in Hof wiedersah, ihm gegenüber wohnhaft, fand er bloß noch die Narben, sonst nichts; sie selber unscheinbar und gebückt und ich nenne sie nicht.

Die reine Liebe hat so unendliche Kräfte zu erschaffen und zu erheben – so wie die gemeine zu zertrümmern und hinabzudrücken – daß sie uns im Darstellen noch stärker ergreifen würde, wäre sie nicht so oft geschildert worden; aber eben darum konnte nur sie die vielen tausend Bände vertragen, welche sie malen. Man nehme einem Menschen, der in der Zeit der Liebe die Landschaften – die Sterne – die Blüten und Berge – die Töne – die Lieder – die Gemälde und Gedichte – ja die Menschen und das Sterben mit dichterischem Genießen anschauet; man nehme diesem die Liebe: so hat er die zehnte Muse oder vielmehr die Musenmutter verloren; und jeder fühlt in spätern Jahren, wo dieser heilige Rausch sich selber verbietet, daß zu allen Musen ihm noch die zehnte fehle.

Wir kommen zu den Sonntagen unsers Pauls, an denen die Idylle ansehnlich zunimmt. Sonntage scheinen ordentlich für Pfarrer und Pfarrkinder erschaffen; besonders ergötzte unsern Paul eine recht große Menge Trinitatis, oder die größte von 27, obgleich durch alle 27 nicht *ein* Sommersonntag mehr in die Welt und Kirche kam als an andern Jahren. In Städten sind etwa fürstliche oder amtliche Geburttage, Meßzeiten die wahren Trinitatis. Paul fing an glänzenden Sonntagmorgen sein Genießen dadurch an, daß er noch vor der Kirche durch das Dorf mit einem Bund Schlüssel ging – er läutete unterwegs damit, um sich dem Dorfe zu zeigen – und den Pfarrgarten mit einem davon aufsperrte, um daraus einige Rosen für das Kanzelpult des Vaters zu holen. – In der Kirche selber ging es schon darum heiter zu, weil die langen Fenster den kalten Boden und die Weiberstühle mit breiten Lichtstreifen durchschnitten und weil das Sonnenlicht an der Zauberhirtin Augustina herunterfloß. Auch ist es nicht zu verachten, daß er (samt seinen Amtbrüdern) nach der Kirche und vor dem Essen zu den Fronbauern der Woche das gesetzmäßige Halbpfund Brot samt Geld austragen durfte, erstlich weil der Vater das Brot lieber zu groß und also den Bauern eine Freude schickte, zweitens weil Kinder gern eine ins Haus tragen, am meisten Paul. Zuweilen hatt' er auch dem Fronbauer Römer den Ausschnitt Brotlaib zuzutragen; und er sah sich um nach seiner Kirchen- und Herzenheiligen – aber immer vergeblich; denn in seiner Prospektmalerei von Liebe machten doch zehn Schritte mehr oder weniger etwas; und gesetzt, er hätte etwan durch eine besondere Glückgöttin nur einen halben Schritt weit vor ihr gestanden! – Aber ich gebe – denn er hätte dann vollends auch hörbar gesprochen – nicht einmal einen Wink von solcher ausgebliebenen Seligkeit.

Ich behaupte, kein Insasse auf Richter-, Fürsten-, Lehr-, heiligem oder sonstigem Stuhle macht sich einen Begriff davon, wie Pfarrkindern eine Sonntag-Vesper schmeckt, (sondern nur einer auf dem Predigtstuhle selber) wenn die beiden Kirchenandachten vorüber sind, weil sie gleichsam mit dem Vater die späte Sabbatruhe nach den Kirchenlasten und sein Umwechseln des Priesterrocks in den leichten Schlafrock feiern – zumal im Dorfe, wo am Sonntagabend der ganze Ort sich selber mit den Augen genießt und gastiert.

Man würde mir vielleicht Unvollständigkeit vorwerfen, wenn ich eine andere Trinitatisfreude, bloß weil sie eine seltenere war, aufzuführen vergessen; dafür war sie eine desto größere, daß nämlich die Pfarrleute Hagen von Köditz, um den Vater zu hören und zu besuchen, unter der Predigt erschienen und Pauls Spielkamerad, das kleine Pfarrherrlein, sich vor der Kirchtüre sehen ließ. Wenn nun Paul samt Bruder ihn aus seinem nicht weit entfernten vergitterten Chorstuhle erblickte: so hob auf beiden Seiten das Zappeln und Trippeln, das Herztanzen und Grußwinken an, und an Predigthören war – und hätten propaganda, zehn erste Hofprediger und pastores prmarii sich hintereinander auf der Kanzel gereihet und ausgesprochen – nicht mehr zu denken. Bloß der gegenwärtige Vorsabbat, das Vorgebirge der schönsten Hoffnungen, das Gabelfrühstück des Tags mußte hauptsächlich in der Ferne und Kirche genossen werden. Wer aber nun nach dem ersten doch so freudigen Sturm kindlicher und elterlicher Vorbereitungen noch die seligen Zephyre und Windstillen des Abends beschrieben verlangt: der vergißt, daß ich nicht alles vermag. Höchstens möchte noch beizumalen sein, daß spät abends das Joditzer Pfarrhaus das Köditzer weit über das Dorf hinaus begleitete, und daß folglich dieses von Eltern und vom Pfarrherrlein erhöhete weite Hinausspringen über das Dorf ins Weite vollends so spät Seligkeiten erteilen und nachlassen mußte, wovon im künftigen Leben ein mehres.

Wir steigen nun zu solchen Joditzer Idyllen auf, meine teuern Zuhörer und Hörerinnen, welche von Paul mehr außerhalb Joditz genossen werden und die man wohl am bequemsten einteilt in die, wo er selber nicht zu Hause ist und die, wo sein Vater nicht zu Hause ist. Ich fange mit den letzten an, weil ich es unter die unerkannten Kindheitfreuden rechne, wenn die Väter verreisen. Denn gerade in diesen Zeiten erteilen die Mütter die herrlichen akademischen Zensur- und Handelfreiheiten der Kinder. Paul und seine Brüder konnten unter den Augen der in Geschäfte verstrickten Mutter über die Hofklingeltüre hinaus nach einigem Grenzwildpret des Dorfs jagen, z. B. nach Schmetterlingen, Grundeln und Birkensaft und Weidenrinden zu Pfeifen, oder einen neuen Spielkameraden, den Schulmeisters-Fritz hereinlassen, oder mittags läuten helfen, bloß um von dem Seil bei dem Ausschwingen der Glocke in die Höhe gezogen zu werden. Eine an sich bedeutende Lustbarkeit innerhalb des Hofes war auch groß genug – nur konnte Paul dabei sich leicht das Genick brechen und mir so meine ganze Professur im voraus abnehmen – und bestand darin, daß er in der Scheune auf einer Leiter einen freiliegenden Balken bestieg und von ihm auf das zwei Stockwerk tief gelegte Heu hinuntersprang, um unterwegs das Fliegen zu genießen. Zuweilen setzte er das Klavier im obern Stock ans offne Fenster und spielte auf ihm über alle Maßen in das Dorf hinab und suchte gehört zu werden von Vorübergehenden. Das Hinabklingen verstärkt' er noch gewaltig durch eine Feder, die er stark über die Saiten, welche die Linke vermittelst der Tasten spannte, mit der Rechten führte. Wohl tat er auch einige Federstriche auf die vom Saitenstege gespannten Saiten hinüber, aber viel Wohlklang wollte nicht dabei herauskommen.

Natürlich fallen Joditzer Sommeridyllen noch reicher aus, wenn man gar das ganze Dorf verläßt und in ein anderes geht oder in die Stadt. Gibt es an einem schönen Sommertag einen segenvollern Befehl nach dem Hersagen der Langischen Grammatik als der war: »Zieh dich an, du gehst nach dem Essen mit nach Köditz«? Nie schmeckte das Essen schlechter, Paul mußte dem starken Schritte des Vaters gleichlaufen. Nach einer Stunde hatt' er nun sein Pfarr- herrlein, freie Spiele, dessen herrliche Mutter – deren Sprachton ihm noch wie ein Lautenzug und eine Harmonikaglocke des Herzens durch die Ferne nachklingt – und zuweilen einen oder den andern winzigen Lorbeerkranz, groß genug für sein Köpfchen. Der Vater nämlich, väterlich erfreuet über dessen Auffassen und Behalten seiner Predigten, von welchen er ihm Sonntag-Abends Hauptsatz und Teile und anderes flink wiederholte, befahl ihm, das nämliche wieder zu wiederholen vor den Pfarrleuten; – und der Kleine, darf ich sagen, bestand beständig. An einem Knaben, der in seinem Le- ben nichts Großes gesehen – keinen Grafen – keinen General – kei- nen Superintendenten – nur einen Edelmann höchstens zweimal im Jahre (den H. von Reitzenstein, weil er lange in Verhaft und darauf in der Flucht war) – an einem solchen Knaben zeigte es Mut, öffent- lich in der Stube vor den Pfarrleuten zu sprechen. Aber von jeher fuhr, so scheu er im Schweigen dastand, Mut und Feuer in ihn, sobald er zum Sprechen gelangte. Ja, wagte er sich nicht einmal an etwas noch Kühneres? Nahm er nicht an einem Nachmittage, wo sein Vater nicht zu Hause war, ein Gesangbuch und ging damit zu einer steinalten Frau, die jahrelang gichtbrüchig darniederlag und stellte sich vor ihr Bette als sei er ein erwachsenen Pfarrer und mache seinen Krankenbesuch und hob an, ihr aus den Liedern Sachdienliches vorzulesen? Aber er wurde bald unterbrochen von dem Weinen und Schluchzen, mit welchem nicht etwan die alte Frau das Gesangbuch anhörte – diese ließ sich kalt auf nichts ein – sondern er selber.

Einmal nahm der Vater den Helden sogar an den Hof mit nach Versailles, wie man wohl Zedwitz ohne Übertreiben nennen mag, da es die Residenz der Patronatherrschaft der Joditzer Pfarrer war. Jedesmal, wenn er bei Hofe gewesen, – im Sommer fast zweimal monatlich – setzte er abends Frau und Kind in das größte ländliche Erstaunen über hohe Personen und deren Hofzeremoniell und über die Hofspeisen und Eisgruben und Schweizerkühe, und wie er selber aus dem »Domestiken«-Zimmer sehr bald zu dem H. von Plotho, oder auch zum Fräulein, dem er auf dem Klavier einige Vor- und Nachübungen gab, und endlich zur Freiin von Bodenhausen und stets wegen seiner Munterkeit zur Tafel gezogen wurde, wenn auch daran (dies änderte nichts) die bedeutendsten Rittergutbesitzer Vogtlands saßen und aßen. Aber gleich einem alten lutherischen Hofprediger erkannte er die unabsehliche Größe des Standes wie das Erscheinen der Gespenster an, ohne vor beiden zu beben. Und doch sag' ich: wie glücklicher seid ihr jetzigen Kinder, die ihr aufgerichtet erzogen werdet, zu keinem Niederfallen vor dem Range gebeugt und von innen gegen den äußern Glanz gestärkt! – Das eine Stunde entfernte Anbeten der Joditzischen Pfarrsöhne vor dem Zedwitzer Thron wurde noch besonders jährlich durch eine prächtige Kutsche verstärkt, welche jeden grünen Donnerstag den Vater als Beichtvater zur Abendmahlfeier der Herrschaft abzuholen kam. Die Söhne können von der Kutsche sprechen, da sie jedesmal abends vor der Abfahrt selber darin ein wenig im Dorfe mit ihren Entzückungen herumgefahren wurden.

Jetzo haben Sie vielleicht eine Vorstellung von dem Unternehmen unsers Helden, als er mit dem Hofbeichtvater, der von ihm höhern

Orts mit zu großem Loben und Lieben gesprochen, nach Zedwitz ging, um sich dem regierenden Hause vorstellen zu lassen. Die Freiin von Bodenhausen empfing ihn, nachdem er lange vor den Ahnenbildern unten im Schlosse herumgegangen, oben auf der Treppe, gleichsam das Präsenzgemach, wo Paul, der sogleich hinaufschoß, nach der Hofordnung ihr Kleid erschnappte und diesem den Zeremoniellkuß aufdrückte. – Und so war die ganze Audienz ohne besondere Hofdegen und Obristhofmarschälle glücklich abgetan, und der Junge konnte wieder herumlaufen.

Und dies tat er im prächtigen Garten. Schwerlich hat je ein anderer Gesandter als unser damals noch kleine Hildburghäuser Legationrat unmittelbar nach der abgemessenen regelrechten Audienz solche romantische Stunden durchgeatmet und eingesogen, wie die Laubengänge, die Springbrunnen, die Mistbeete, die Baumaltane einem mehr in als außer sich phantasierenden Dorfkinde geben mußten, das zum ersten Male und einsam in diesen Herrlichkeiten mit gepreßter und mit gefüllter Brust umherwankte. Was den aufgeschwungenen Paul wieder in die niedere Wirklichkeit trug, war ein hölzerner Vogel an einem Seile, den er mit dem Eisenschnabel geschickt in das Schwarze einer Scheibe schießen lassen konnte. Ein vom Schlosse herabgesandter Obstkuchen hielt die Mitte zwischen Flug und Stand und dessen köstlicher Nachgeschmack erhält sich unverwüstlich im Reliquiarium des Helden. O ihr schönen einsamen Stunden und Gänge für das darbende Dorfkind, dessen Herz so gern sich füllen, ja nur sehnen wollte an der Außenwelt! –

Unter den Sommeridyllen von weniger Hofglanz kommen nun die häufigen Gänge vor, welche Paul mit einem passenden Quersack auf dem Rücken nach der Stadt Hof zu den Großeltern machen mußte, um Fleisch und Kaffee und alles zu holen, was im Dorfe entweder gar nicht zu haben war, oder doch nicht um den äußerst geringen Stadtpreis. Denn die Mutter gab ihm nur einige wenige Geldstücke mit – es sollte nämlich nicht alles hergeschenkt erscheinen –, damit seine Großmutter, spendend gegen Tochter und Enkel und nur kargend gegen die übrige Welt, den Quersack mit allem füllte, was etwan auf dem jedesmaligen Küchenzettel stand. Der zweistündige Weg führte über gewöhnliche reizlose Gegenden, durch einen Wald, und darin über einen brausenden Fluß voll Felsstücke, bis endlich auf einer Felderhöhe die Stadt mit zwei Brüdertürmen und mit der Saale in der Talebene den begnügsamen kleinen Träger übermäßig überschüttete und ausfüllte. Vor einem Höhleneingange nahe an der Vorstadt, in welchem der Sage nach sich die Höfer im dreißigjährigen Kriege geachtet hatten, ging er mit dem kindlichen Schauer vor alten Kriegen und Marterzeiten vorüber; und die nahe Tuch-Walkmühle machte mit ihren fortdauernden Donnerstößen und den unbändigen Maschinenbalken seine Dorfseele weit und groß genug, um die Stadt geräumiger darein aufzunehmen.

Hatte er nun dem sehr ernsten langen Großvater hinter seinem Webestuhle die Hand geküßt und der erfreueten kurzen Großmutter; und den offiziellen Mutterbrief überreicht – der Vater war zum Bitten zu stolz – und das wenige Geld öffentlich und hinter der Türe auf dem Gange die heimlichen Artikel von Bitten übergeben: so konnt' er nachmittags mit seinem vollen Tornister und mit den Zuckermandeln für seine Augustine, höchst erfreuet über den elterlichen Freitisch auf dem Rücken, wieder nach Hause traben.

Noch erinnert er sich eines Sommertages, wo ihn, da er auf der Rückkehr gegen zwei Uhr die sonnigen beglänzten Anhöhen und die ziehenden Wogen auf den Ährenfeldern und die Laufschatten der Wolken überblickte, ein noch unerlebtes gegenstandloses Sehnen überfiel, das fast aus lauter Pein und wenig Lust gemischt und ein Wünschen ohne Erinnern war. Ach es war der ganze Mensch, der sich nach den himmlischen Gütern des Lebens sehnte, die noch unbezeichnet und farbelos im tiefen weiten Dunkel des Herzens lagen und welche sich unter den einfallenden Sonnenstreifen flüchtig erleuchteten. Es gibt eine Zeit der Sehnsucht, wo ihr Gegenstand noch keinen Namen trägt und sie nur sich selber zu nennen vermag. Auch noch später hat weniger der Mondschein, dessen Silberseen das Herz nur sanft in sich zerlassen und so aufgelöset ins Unendliche treiben und führen, als auf einer weiten Gegend der Nachmittagschein der Sonne diese Macht einer peinlich sich ausdehnenden Sehnsucht behauptet; und in den Werken Pauls ist sie einige Male geschildert und mitgeteilt.

Auch im Schneewinter mußte Paul oft als ein Hof- oder Hollandgänger in Geldnöten ausreisen, wenn er sogar bei dem Großvater durch seinen Verstand Hülfgelder zu negotiieren hatte – so wie er im kältesten Wetter dem Vater in die nahen Gastpfarreien beifolgen durfte. Diesen wöchentlichen Turnläufen verdankt er manche spätere nachhaltende Kräfte und überhaupt das beste Gegengift seiner widersinnigen Körpererziehung, welche wie jede damalige mit Pelzmützen, Purgiermitteln und Luftsperren, mit Warmhalten und Festschrauben und Schonen einer feindlichen Zukunft nicht vorbauete sondern vorarbeitete. Aber dies ist eben das schöne Glück der Dorf- und Armenkinder, daß der Sommer, mit seinem Lenz und Herbst links und rechts, glücklich das Unkraut des Winters ausrottet; indem die im winterlichen Gewächshause erbleichten Pflanzen nun auf einmal in Luft und Wetter und an Sprüngen und an kühler und ungekochter Kost barhaupt und barfuß sich erholen und ermannen können. Nur den guten Prinzessinnen darf kein Sommer beispringen. Das Volk indes glaubt nicht, daß der Sommer den Winter gut mache, sondern umgekehrt, daß diese häusliche Jahrzeit der Arzt der außerhäuslichen werde.

Ich gebe nun die letzte und größte nie wegbleibende Sommeridylle, welche stets am Montage nach Jakobi einfiel. Denn hier zum Höferjahrmarkt ließen die Großeltern die zarte Mutter Pauls jedesmal in einer Kutsche holen, in der er auch mit einsaß. Um hier den kalten Historiker nicht zu verletzen, sag' ich bloß ruhig und einfach, daß wenn eine bloße Alltagstadt für einen Dörfling schon mehr als ein Kirmesdorf ist, vollends eine Jahrmarktstadt eine potenziierte Doppelstadt werden und folglich alles an Glanze überbieten muß, was ein Dorfjunge sich nur vorstellt. Und so war es bei Paul, der noch dazu nie ohne Phantasie war. Wie Kaisern sonst Ehrentrünke geschickt wurden, so wurde die Mutter stets mit süßem Wein von ihren Eltern empfangen, und der Sohn ging mit etwas davon im Kopfe zum damaligen Haarkräusler Silberer. Dieser kühlte von außen den Kopf durch Brenneisen ab und durch scharfes An- und Umdrehen der Lockenwickel; aber desto neuer und weißer kam er dann mit Locken und Toupet aus dem Pudergestöber zum Mittagmahle zurück, das nicht bedeutend sein konnte, weil der Großvater sehr bald auf das Rathaus hinter den Verkauftisch seiner Tücherballen eilen mußte. Bei dem Abendessen war wie bei den alten Römern desto mehr Zeit und Überfluß. Nun wurde der Nachmittag herrlich und aufsichtfrei und übertäubt und überglänzt unter dem bunten und lauten Getümmel der Menschen und Waren verbracht – Paul hatte seinen Groschen Jahrmarktgeld von der Großmutter in der Tasche und konnte alles kaufen – er konnte einiges Eingekaufte heimtragen ins leere unheimliche Haus, weil alles fort war, düster einsam, man mußte ordentlich wieder unter die Menge – die vornehmsten und schönsten Damen hatt' er umsonst oben an den Fenstern und er verliebte sich unten vorbeimarschierend überall hinauf und fiel ihnen, da sie ihn nicht kannten, auf der Gasse um den Hals, zeichnete jedoch keine über ihn so erhobne durch Stockwerke und durch Kopfputz zur Favoritsultanin aus, sondern kaufte Mandeln und Rosinen für die viehweidende Augustine in Joditz – Allerdings wurde gegen sechs, halbsieben Uhr Lärm und Lust größer unter den Abendstrahlen, die immer mehr sich und die Menschen verschönerten und vergoldeten; aber es mußte nach Haus gegangen werden, weil der Großvater nach den Verkäufen um 7 Uhr aß und alles beisammen war.

Ich schenke jedem das Abendessen, denn Paul schmeckte wenig davon – weil er vorher genug gegessen –; aber desto freudiger folg' ich ihm nach dem zweiten Tischgebete nach auf die Straße, wo er so selig wird als irgendeine junge Seele aus einer Pfarrei.

Gänge in tiefer Dämmerung und halber Nacht berauschen und begeistern die Jugend. In ihr zog nun an den Markttagen die Janitscharenmusik durch die Hauptstraßen; und Volk- und Kindertroß zog betäubt und betäubend den Klängen nach, und der Dorfsohn hörte zum ersten Male Trommeln und Querpfeifchen und Janitscharenbecken. »In mir,« – dies sind seine eignen Worte – »der ich unaufhörlich nach Tönen lechzete, entstand ordentlich ein Tonrausch und ich hörte, wie der Betrunkne sieht, die Welt doppelt und im Fliegen. Am meisten griff in mich die Querpfeife durch einen melodischen Gang in der Höhe ein. Wie oft sucht' ich nicht diesen Gang vor dem Einschlafen, wo die Phantasie das Griffbrett oder die Tastatur verklungner Töne am leichtesten handhaben kann, wieder zu hören und wie bin ich dann so selig, wenn ich ihn wieder höre, so innig-selig als ob die alte Kindheit wie ein Tithon unsterblich geworden bloß mit dem Tone und damit spräche zu mir! – Ach leichte, dünne, unsichtbare Klänge beherbergen ganze Welten für das Herz und sie sind ja Seelen für die Seele.« – – Vielleicht schnitten die Töne der höhern Oktave am tiefsten ein. *Engel* behauptet zwar, daß die eigentlichen Wohllaute sich zwischen den tiefen und den hohen Tönen aufhalten; aber man könnte sagen, über beide hinaus liegt eben die poetische Musik. In der dunkeln Tiefe der niedrigsten Baßklänge woget langsam unten vergangne, abgelaufne Zeit; hingegen die schroffe Höhe der äußersten Diskanttöne schreien und schneiden in die Zukunft hinein, oder rufen sie heran, indem sie sie tönen, und sprechen das Scharfe und Enge aus. So klang mir bei der russischen Feldmusik das hohe scharfe Dareinpfeifen der kleinen Pfeifchen fast fürchterlich als eine zum Schlachten rufende Bootmanns-Pfeife, ja als ein grausames Früh-Tedeum für künftiges Blutlassen. – –

Ich fürchte, man wird in Deutschland und sonst darüber reden, daß ich den Herbst zur höchsten Joditzer Idylle aufgespart, ihn der eben zu nichts führen kann als in Schneewege. Aber ein phantastischer Mensch wie Paul genießt im Herbste außer diesen selber noch voraus den Winter mit seiner Häuslichkeit und den Frühling mit seinen poetischen Fernmalereien, indes der angekommene Frühling schon in den Sommer zerfließt, der Sommer aber gar ein Stille- und Mittelstand der Phantasie, zu verwandt dem Herbste und zu fern verwandt dem Frühling ist. Noch jetzo sieht er im Nachsommer durch die halbdurchsichtigen Bäume fern im andern Jahre Blütenschneegebirge stehen und begeht sie wie eine Biene honigtrunken, die in der Nähe unter den Händen zerrinnen, und die weitaussehendsten Plane der Lenzreisen und Lenzernten werden entworfen und durchgenossen und im Frühling selber ist die Hauptsache schon vorbei. Wenn die Landschaftmaler den Herbst vorziehen: so tut es der geistige, der Dichter, wenigstens im Alter.

Aber dem Herbste wandte sich unser Held noch mit einer besondern Kehrseite zu; und diese ist, daß er von jeher eine eigne Vorneigung zum Häuslichen, zum Stilleben, zum geistigen Nestmachen hatte. Er ist ein häusliches Schaltier, das sich recht behaglich in die engsten Windungen des Gehäuses zurückschiebt und verliebt, nur daß es jedesmal die Schneckenschale breit offen haben will, um dann die vier Fühlfäden nicht etwa so weit als vier Schmetterlingflügel in die Lüfte zu erheben, sondern noch zehnmal weiter bis an den Himmel hinauf zu strecken, wenigstens mit jedem Fühlfaden an einen der vier Trabanten Jupiters. Von diesem närrischen Bunde zwischen Fernsuchen und Nahesuchen – dem Fernglas ähnlich, das durch bloßes Umkehren entweder die Nähe verdoppelt, oder die Ferne – wird in unseren Vorlesungen mehr vorkommen als ich verlange oder der bloße Herbst zuliefert.

Dieser Haussinn zeigte sich in den Phantasien des Knaben; die jungen Schwalben pries er glücklich, weil sie in ihrem ummauerten Neste innen so heimlich sitzen konnten in der Nacht – Wenn er in den großen Taubenschlag auf dem Dache hineinstieg, so war er in diesem Zimmer voll Zimmerchen oder Taubenhöhlen ordentlich wie zu Hause und die Antlitzseite war ihm ein Louvre oder Eskurial im kleinen. Ich fürchte nur, man läßt es mir selber entgelten, wenn ich die kindische Kleinigkeit in meine Vorlesungen aufnehme, daß er ein vollständiges Fliegenhaus aus Ton, eigentlich einen Palast erbauete, so lang und so breit wie eine Männerfaust und um etwas höher; es war aber das ganze Speisehaus rot angestrichen und mit Dinte in Ziegelquader abgeteilt, innen mit zwei Stockwerken, vielen Treppen mit Geländern und Kammern, einem geräumigen Dachboden versehen, außen aber mit Erkern und Vorsprüngen und sogar mit einem Rauchfange versorgt, welchen ein Glas zudeckte, damit nicht statt des Rauchs die Fliegen hinauszögen. Nirgends waren Fenster gespart und das Schloß, durfte man behaupten, bestand weit mehr aus Fenster als aus Mauer. Wenn nun Paul so die unzähligen Fliegen in diesem weiten Lustschloß treppauf treppnieder in alle große Zimmer und dann gar in die niedlichen Erkerchen laufen sah: so macht' er sich eine Vorstellung von ihrer häuslichen Glückseligkeit und wünschte selber darin an den Fenstern mitzulaufen und er setzte sich an die Stelle der Hausbesitzer, welche aus den weitesten Zimmern sich in die niedlichsten engsten Kämmerchen und Erkerchen zurückziehen konnten. Wie unbedeutend und klein mußt' ihm dagegen das Pfarrhaus vorkommen!

Aber auch als Schriftsteller hat er später diesen Haus- und Winkelsinn fortgesetzt in Wutz und Fixlein und Fibel; und noch sieht der Mann gern jedes nette niedrige Schieferhäuschen von zwei Stockwerkchen mit Blumen vor den Fenstern und einem Hausgärtchen, das man bloß vom Fenster heraus begießt – und im zugemachten Kutschkasten kann der gute häusliche Narr ordentlich ganz vergnügt sitzen und an den Seitentaschen herumsehen und sagen: »Ein prächtiges stilles feuerfestes Stübchen! Und draußen fahren die größten Dörfer und Gärten vorbei!« – So viel ist darzutun, daß er in einem Rittersaale, in einer Peterskirche noch weniger schreiben als wohnen könnte – es wär' ihm ein Marktplatz mit einem Dache versehen –, indes er doch fähig wäre, auf dem Montblanc, oder auf dem Ätna, wäre alles gehörig dazu hergerichtet für ihn, in einem fort zu schreiben und zu wohnen; denn nur das enge Menschliche kann ihm nicht klein genug, aber die weite Natur nicht zu ausgedehnt sein; denn die Kleinheit der Menschenwerke verkleinert sich durch ihr Vergrößern.

Die Joditzer Herbstidylle ist durch voriges fast ausgemalt. Der Herbst führt nämlich die Menschen nach Hause und läßt ihnen sein Füllhorn da, für das Nest des Winters, das sie bauen, wie der Kreuzschnabel im Eismonate Nest und Junge hat. Von damals her muß kommen, daß Paul noch das erste Dreschen, die lauten Krähenzüge in die Wälder, der Zugvögel Schreien oder Blasen zum Aufbruche mit einem nachgebliebenen Vergnügen als die Vorboten der engen häuslichen Winter-Einnistung hört; und es tut mir seinetwegen leid, daß er auch die Gänse im Herbste, die dann in Herden gehen, mit ziemlicher Lust schreien hört als Vorsänger und Vorredner der Winterzeit. Aus diesem Stuben- und Wintersinn hab' ich mir von jeher erklärt, warum er mit so ungemeinem Behagen Reisebeschreibungen von Winterländern wie Spitzbergen und Grönland las; denn das Anschauen einer bloßen Not auf dem Druckpapier erklärt das Vergnügen dabei nicht, weil sonst das nämliche auch bei der Lesung der Glutnot der heißen Länder wieder dasein müßte. Hingegen die bekannte Freude des Mannes über jede Viertelstunde, um welche im Herbste die Tage abnehmen, würd' ich mehr seiner Vorliebe für Superlative – welche es auch seien – für unendliches Großes und unendliches Kleines, kurz für die Maxima und Minima zuschreiben, besonders da er ja ganz ebensosehr sich über das Wachsen der Tage erfreuet und nichts dabei wünscht als gar einen langen Schwedentag. Man sieht aber aus allem, mit welcher unschätzbaren Genügsamkeit und Geschicklichkeit Gott den Mann auf seinen Lebensweg, auf welchem nicht viel rechts und links zu finden war, zugerüstet und ausgestattet, so daß er, es mochte noch so schwarz um ihn sein, immer Weiß aus Schwarz machen konnte und mit einem beidlebigen Instinkte für Land und Meer weder ersaufen noch verdursten konnte.

Es sind dies lauter autobiographische Züge, meine Herren, die ein künftiger Lebenbeschreiber desselben recht bequem zu einer Lebenbeschreibung verarbeitet und für welche er mir vielleicht dankt.

Auch wüßt' ich nichts als jenen behaglichen Stuben- und Wintergeschmack, um mir begreiflich zu machen, warum Paul eine andere an sich so hagere Herbstlust mit solchem Wohlgeschmacke wiederkäuet. In den Herbstabenden (noch dazu an trüben) ging nämlich der Vater im Schlafrocke mit ihm und seinem Bruder auf ein über der Saale gelegenes Kartoffelfeld; der eine Junge trug eine Grabhaue, der andere ein Handkörbchen. Draußen wurden nun neue Kartoffeln, soviel für das Abendessen nötig waren, vom Vater ausgegraben; Paul warf sie aus dem Beete in den Korb, während Adam an dem Haselnußgebüsche die besten Nüsse erklettern durfte. Nach einiger Zeit mußte dieser von den Ästen herunter ins Beet und Paul stieg seinerseits hinauf. Und so zog man denn mit Kartoffeln und Nüssen zufrieden nach Hause; und die Freude, auf eine Viertelstunde weit und eine Stunde lang ins Freie gelaufen zu sein und zu Hause bei Lichte das Erntefest zu feiern, male sich jeder selber so stark wie der Empfänger.

Besonders frisch und grün aber sind noch zwei andere Herbstblumen der Freude in seinen Gehirnkammern erhalten und aufbewahrt, und beide sind Bäume. Der eine ist bloß ein dickzweigiger hoher Muskatellerbirnbaum im Pfarrhofe, an dessen herrlichen Fruchtgehängen die Kinder den ganzen Herbst hindurch künstliches Fallobst hervorzubringen versuchten, bis endlich an einem der wichtigsten Tage der Jahrzeit der Vater den verbotenen Baum selber auf der Leiter bestieg und das süße Paradies herunterholte für das ganze Haus und für den Bratofen. – Der andere immer grüne und noch herrlicher fortblühende Baum ist aber kleiner, nämlich die abgehauene Birke, welche jährlich an dem Andreasabend bei dem Stamme vom alten Holzhauer in die Stube geschleppt und darin in einen weiten Topf mit Wasser und Kalk gepflanzt wurde, damit sie gerade zur Weihnachtzeit, wenn die goldnen Früchte an sie gehangen wurden, schon die rechten grünen Blätter dazu trüge. Es hatte diese Birke, keine Trauer- sondern eine Jubelbirke, das Eine an sich, daß sie den dunkeln Dezemberweg bis zum Christfest mit Freudenblumen bestreuete, nämlich mit ihren hervorgenötigten Blättchen, wovon jedes neue wie ein Uhrzeiger auf einen zurückgelegten Tag hinwies, und daß jedes Kind unter diesem Maienbaum des Winters sein Laubhüttenfest der Phantasien feiern konnte.

Pauls Weihnachtfest selber zu beschreiben, erlassen mir wohl gern alle die Zuhörer, welchen in Pauls Werken Gemälde davon, die ich am wenigsten übertreffen kann, zu Händen gekommen. Bloß zwei Zusätze dürften nachzuholen sein. Wenn Paul nämlich am Weihnachtmorgen vor dem Lichterbaum und Lichtertische stand und nun die neue Welt voll Gold und Glanz und Gaben aufgedeckt vor ihm lag und er Neues und Neues und Reiches fand und bekam:

so war das erste, was in ihm aufstieg, nicht eine Träne – nämlich der Freude –, sondern ein Seufzer – nämlich über das Leben –; mit einem Worte schon dem Knaben bezeichnete der Übertritt oder Übersprung oder Überflug aus dem wogenden spielenden unabsehlichen Meere der Phantasie an die begrenzte und begrenzende feste Küste sich mit dem Seufzer nach einem größern schönern Lande. Aber ehe dieser Seufzer sich veratmete und ehe die glückliche Wirklichkeit ihre Kräfte zeigte: so fühlte Paul aus Dankbarkeit, daß er sich im höchsten Grade freudig zeigen müßte vor seiner Mutter; – und diesen Schein nahm er sofort an und auf kurze Zeit, weil sogleich darauf die angebrochnen Morgenstrahlen der Wirklichkeit das Mondlicht der Phantasie auslöschten und entfernten.

Hier mag auch einer väterlichen Eigenheit gedacht werden welche in dieselbe Minute fiel: der Vater nämlich – immer so froh teilnehmend, jede Freude so bereitwillig gönnend und gebend – kam an dem Christmorgen wie mit einem Trauerflor bedeckt aus seiner Stube in die lustige leuchtende Wohn- und Gesindestube herab; die Mutter selber versicherte ihre Unwissenheit über diese jährliche Traurigkeit und niemand hatte Mut zur Frage. Auch überließ er der Mutter die ganze Mühe und Freude, die Tafeldeckerin der h. Christnacht zu sein, und hier blieb er vielleicht beträchtlich hinter Paul zurück, und holte den Sohn nicht ein, welcher immer bei der Weihnachtoper der Kinder seiner Frau viel half, wenn nicht gar sie bloß ihm; denn in der Tat hatte er – zumal früher, da sie dümmer waren – schon Monate vor der Aufführung dieser Zauberoper den Lügen-Zettel-Träger, den Theaterdichter und Szenenmaler auf dem Kanapee gespielt, und hatte endlich abends als vollständiger Operdirektor und Maschinenmeister alles auf den Tischen und Bäumchen so lichtervoll und verständig ausgebreitet und zusammengeordnet, daß das Ganze glänzte und sein Auge dazu.

Demungeachtet ist der Vater aus dem Sohne und die väterliche Trauer fast zu erklären und zwar daraus, daß dieser seit vielen Jahren selber eine ähnliche bei aller äußern Freudigkeit und Tätigkeit zu verhüllen hat. Es ist eben bei beiden nur das von Kirchenstücken und Romanen wunde Wehgefühl der Vergleichung zwischen dem männlichen Herbste der Wirklichkeit und dem kindlichen Frühlinge vor ihnen, in welchem noch dicht aus dem Stamme der Wirklichkeit die Blüten des Ideals ohne Umwege von Blättern und Ästen wachsen.

Bedurfte doch damals sogar der kindliche Honig und Wein der Freude des idealen Ätherzusatzes von dem Glauben an ein darreichendes Christkindchen. Denn sobald er zufällig sich mit Augen überzeugt hatte, daß nur Menschen, nicht Überirdische, die Freudenblüten und Früchte bringen und auf die Tafel leeren: so war diesen der Edenduft und Edenglanz ausgegangen und abgewischt und das alltägliche Gartenbeet da. Indes unglaublich ists, wie er gleich allen Kindern, sich gegen die Himmelstürmer seines himmlischen Glaubens gewehrt und wie lange er seine übernatürliche Offenbarung festgehalten gegen alle Einsichten seiner Jahre, gegen alle Winke des Zufalls, bis er endlich sah und siegte weniger als besiegt wurde. So schwer läßt sich der Mensch in allen Religionen zu den Menschen herunterziehen, welche oben im Lufthimmel die lebenden Götter spielen.

– So weit gehen die Joditzer Idyllen, welche für Eltern und Kinder lange genug gedauert, nämlich so lange wie der trojanische Krieg. Die Schulden und die Ausgaben für vier Söhne wuchsen und diesen wurde die versprochene bessere Schule immer nötiger. Auch den Vater faßte zuweilen ein Unmut an, daß er schöne Jahre und schöne Kräfte in einer so engen Dorfkirche abmatte und verzehre. Endlich starb der Pfarrer Barnickel in Schwarzenbach an der Saale, einem kleinen Städtchen oder großen Marktflecken. Der Tod ist der eigentliche Schauspieldirektor und Maschinenmeister der Erde. Er nimmt einen Menschen wie eine Ziffer aus der Zahlenreihe vorn, mitten, oder hinten heraus und siehe, die ganze Reihe rückt in eine andere Geltung zusammen. Die Pfarrstelle, welche der Fürst von Reuß und die Frau von Bodenhausen wechselnd besetzten, bekam diesesmal die Gönnerin Richters in die Hand, welche sich lange und unverhohlen auf die Gelegenheit gefreuet, den guten uneigennützigen heitern und verarmenden Pfarrer zu erretten und zu belohnen.

Aber deshalb ging er jetzo nicht öfters nach Zedwitz, sondern seltener. Vollends eine Bittschrift um die Pfarrei, oder nur eine mündliche Bitte zu bringen, dies hätte ihn nach seiner altgläubigen Überzeugung, daß nur der heilige Geist zum heiligen Amte rufen müsse, als eine Simonie befleckt. So mußte denn die geburtstolze Gönnerin sich den festen amtstolzen ärmlichen Mann ohne Bitte und ohne Gesuch gefallen lassen. Ich teile Ihnen hier ein Geheimnis des Zedwitzer Hofes mit – das er selber längst vergessen –, wenn ich aus dem Munde des alten Pfarrers erzähle, wie es dort am Tage seiner Berufung zugegangen. Da er gewöhnlich zuerst bei dem alten Herren (von Plotho) vorgelassen wurde: so konnte dieser vor Liebe und Freude ihm die Nachricht seiner Beglückung nicht zurückhalten, sondern gab sie ihm geradezu, oder gar die Vokation selber, indes eigentlich erst dessen Gemahlin als die wahre Patronatherrin ihm das Schreiben hätte geben sollen. Natürlicherweise war nachher, als der neugeschaffne Pfarrer vor sie mit seinem Danke eintrat, einige Verstimmung der Freiin gegen ihren Gemahl dem Hofe nicht ganz zu entziehen. Übrigens hatten beide mit der eigenhändigen Übergabe der Vokation gleichgesinnt dem geldlosen Freunde allerlei Gratiale und Douceurs der Überbringer – fatale Worte für die eine Partei – ersparen wollen.

Da ich Ihre wohlwollenden Gesinnungen für Vater und Sohn so gut kenne, so wollt' ich wohl erraten, daß Sie jetzo innerlich im Jubel rufen: »Dies ist ja köstlich, daß der Mondwechsel der Pfarreien endlich ihm ein anderes schönes Wetter bringt; und wir sehen den jovialen Tonkünstler ordentlich früher als sonst von der Herrschaft (er unterhielte sie aus Dank gern länger) mit seiner Bullenbeißerin nach Hause laufen, bloß um nur so früh wie möglich seine Selberentzückung unter die Seinigen, besonders an die arme Gattin auszuteilen, welche durch das bisherige Ährenlesen ja Zehenden-Sammeln auf den elterlichen Feldern wahrlich genug geduldet hat.« –

Ich bemerke dagegen nichts als daß Sie sämtlich fehlschießen und mich wundert der Fehlgriff. Ernst und traurig brachte er die Freudenpost; aber nicht bloß weil auf dem Blumen- und Erntekranz des Glücks wie auf dem Brautkranz immer einige Tautropfen hangen, die wie Tränen aussehen, sondern auch weil in ihm schon der Abschied von der geliebt-liebenden Gemeinde zu weinen anfing, welche seit so vielen Jahren seine zweite Familie, nur im größern Familienbetsaal der Kirche gewesen, und zuletzt noch, weil nun das stille, ruhige, unbegabte, einfache Stilleben des Dorfes in der Zukunft nur als ein fernes Gemälde in seiner Erinnerung hangen sollte. Freilich ist das Landleben gleich dem Seeleben einfarbig, ohne Abwechsel kleiner, nur großer Gegenstände; aber es gibt eine Art einförmiger Freude, welche stärkt, so wie das einfarbige Meer auf Lungensüchtige freundlich wirkt, weil keine Staubwolken einzuatmen sind und keine Insekten quälen.

– Nun glaub' ich meine Pflicht als selbhistorischer Professor in Rücksicht auf das Erziehdörfchen Joditz so erfüllt zu haben, daß ich in der nächsten Vorlesung mit dem Helden und den Seinigen in Schwarzenbach an der Saale einziehen kann, wo freilich der Vorhang des Lebens um mehre Schuh hoch aufgeht und man vom Hauptspieler schon etwas mehr zu sehen bekommt als die bloßen Kinderschuhe, wie leider bisher. Denn in der Tat aus der heutigen Vorlesung schicken wir ihn in die nächste als einen mehr als zwölfjährigen Menschen mit zehnmal weniger Kenntnissen als der dreijährige Christian Heinrich Heineken hatte, da ihn nach dem Examen die Amme wieder an den Busen legte – so ohne alle Natur- und Länder- und Weltgeschichte ausgenommen das Teilchen davon, welches er selber war – so ohne alles Französische und Musikalische – im Lateinischen nur mit ein bißchen Lange und Speccius angetan – kurz als ein solches leeres durchsichtiges Skelett oder Geripplein ohne gelehrte Nahrung und Umleib, daß ich mit Ihnen allen kaum Zeit und Ort erwarten kann, wo er doch einmal anfangen muß, etwas zu wissen und das Gerippe zu beleiben in Schwarzenbach an der Saale.

Wir verlassen nun mit ihm das unbekannte Dörfchen; aber ob es sich gleich noch keinen Lorbeerkranz wie so manches anderes Dorf durch eine Schlacht aufgesetzt: so darf er, glaub' ich, es doch hoch in seinem Herzen halten und zu ihm, als wenn er heute schiede, sagen:»Liebes Dörflein! du bleibst mir teuer und wert! Zwei kleine Schwestern ließ ich in deinem Boden – Mein zufriedener Vater hat *auf* ihm seine schönsten Sonntage gefunden – Und unter dem Morgenrote meines Lebens sah ich deine Fluren stehen und glänzen. Zwar sind deine mir bekannten Bewohner, denen ich danken will, längst fortgegangen wie mein Vater; aber ihren unbekannten Kindern und Enkeln geh' es wohl, wünscht mein Herz, und jede Schlacht ziehe weit vor ihnen vorbei.«

Dritte Vorlesung

(Schwarzenbach an der Saale)

Glauben Sie wohl, meine Zuhörer, daß Paul aus dem ganzen Aufpacken und Ausziehen und Fortziehen und Einziehen nichts im Gedächtnis behalten, keinen Abschied weder der Eltern noch der Kinder, keinen Gegenstand auf einem Wege von zwei Meilen, bloß den schon erwähnten Schneiders-Sohn ausgenommen, welchem er die Rußzeichnungen einiger Könige für seine Geliebte in die Tasche gesteckt? – Aber so ist Kind- und Knabenheit; sie behält Kleinstes, sie vergißt Größtes, man weiß bei beidem selten warum. Abschiede behält ohnehin die immer unten und oben und überall hinauswollende Kindheit weniger als Ankunft; denn ein Kind verläßt zehnmal leichter die langgewohnten Verhältnisse als die kurzgewohnten und erst im Manne erscheint gerade das Umgekehrte der Berechnung. Für Kinder gibt es kaum Abschiede; denn sie kennen keine Vergangenheit, sondern nur eine Gegenwart voll Zukunft.

Schwarzenbach an der Saale hatte freilich viel – einen Pfarrer und einen Kaplan – einen Rektor und einen Kantor – ein Pfarrhaus voll kleiner und zwei großer Stuben – diesem gegenüber zwei große Brücken mit der dazugehörigen Saale – und gleich daneben das Schulhaus so groß (wohl größer) wie das ganze Joditzer Pfarrhaus – und unter den Häusern noch ein Rathaus, nicht einmal gerechnet das lange leere Schloß.

Gerade mit dem Vater trat auch ein neuer Rektor an, Werner, aus dem Merseburgischen, ein schöner Mann mit breiter Stirne und Nase, voll Feuer und Gefühl, mit einer hinreißenden Naturberedsamkeit voll Fragen und Gleichnisse und Anreden wie Pater Abraham; übrigens aber ohne alle Tiefe weder in Sprachen noch in andern Wissenschaften. Indes half er der Armut auf dieser Kehrseite durch einen Kopf voll Freiheit-Rede und Eifer ab; seine feurige Zunge war der Hebel der kindlichen Gemüter. Sein Grundsatz war, aus der Grammatik die nur allernotwendigsten Sprachformen – worunter er bloß die Deklinationen und Konjugationen verstand – lernen zu lassen und dann ins Lesen eines Schriftstellers überzuspringen. Paul mußte sogleich den Sprung hoch über Langens Colloquia hinweg in den Cornelius tun; und es ging. Die Schulstube oder vielmehr die Schularche faßte Abc-Schützen, Buchstabierer, Lateiner, große und kleine Mädchen – welche wie an einem Treppengerüste eines Glashauses oder in einem alten römischen Theater, von Boden bis an die Wand hinaufsaßen – und Rektor und Kantor samt allem dazugehörigen Schreien, Summen, Lesen und Prügeln in sich. Die Lateiner machten gleichsam eine Schule in der Schule. Bald darauf wurde auch die griechische Grammatik mit dem Erlernen der Deklinationen und der nötigsten Zeitwörter angefangen und ohne weiteren Aufenthalt bei der Grammatik sofort ins Neue Testament zum Übersetzen übergesetzt. Werner, der oft im Feuer der Rede sich selber so lobte, daß er über seine eigne Größe erstaunte, hielt auch seine fehlerhafte Methode für eine originelle, ob sie gleich nur eine Basedowsche war; aber Pauls fliegendes Fortschreiten wurde ihm ein neuer Beweis. Etwan ein Jahr darauf wurden einige wenige Deklinationen und Zeitwörter ans Danzens lateinisch geschriebenen hebräischen Grammatik zu einer Schiffbrücke zum ersten Buche Mosis geschlagen, dessen Anfang, gerade die Exponierschwelle junger Hebräer, den ungebildeten Juden zu lesen verboten war.

Ich werde mit Ihnen sogleich wieder mit dem Leben des Helden chronologisch fortschreiten, sobald ich nur *einen* Augenblick kursorisch über die Zeit hinaus weiter und vorausgegangen bin und Ihnen habe sehen lassen, wie viel er auf einmal zu tun gewußt und gehabt. Sogleich darauf werd' ich wieder statarisch.

Das griechische Testament mußt' er und das hebräische mündlich übersetzen in ein lateinisches wie ein Vulgata-Macher. Der Rektor hatte unter Pauls Übersetzung (er war der einzige Hebräer in der Schule) eine gedruckte neben sich liegen. War der Held mit dem Analysieren mancher Wörter nicht zurechte gekommen: so schlug wohl zuweilen das zweite Unglück dazu, daß es dem Lehrer ebenso ging.

Der jetzige Romanschreiber verliebte sich ordentlich in das hebräische Sprach- und Analysier-Gerümpel und Kleinwesen – eigentlich auch ein heimlicher Zug seiner Liebhaberei für Häuslichkeit – und borgte aus allen schwarzenbachischen Winkeln hebräische Sprachlehren zusammen, um über die diakritischen Punkte, die Vokalen, die Akzente und dergleichen alles aufgehäuft zu besitzen, was bei jedem einzelnen Worte analysierend aufzutischen ist. Darauf nähte er sich ein Quartbuch und fing darin bei dem ersten Buche Mosis an und gab über das erste Wort, über seine sechs Buchstaben und seine Selblauter und das erste Dagesch und Schwa so reichliche Belehrungen aus allen entlehnten Grammatiken mehre Seiten hindurch, daß er bei dem ersten Worte »anfangs« (er wollte so von Kapitel zu Kapitel fortschreiten) auch ein Ende machte, wenn es nicht bei dem zweiten war. Was noch von des Quintus Fixlein Treibjagd in einer hebräischen Foliobibel nach größern, kleinern, umgekehrten Buchstaben (im ersten Zettelkasten) geschrieben steht, ist wörtlich mit allen Umständen auf Pauls eignes Leben anzuwenden.

Ebenso närrisch verfuhr Paul mit dem jetzo veralteten Hofmann, der mit seinen deutschen Übersetz-Sätzen oder Beispielen für lateinische Regeln ein Großkreuz-Speccius für Schüler war, und wand sich durch Schraubengänge, da der Mann zu immer mehrer Syntaxis ornata überging, so sehr in lauter schwere Partizipial-Verengungen ein, daß der gute Rektor mehr darauf sinnen mußte, ihn zu verstehen als zu verbessern.

Sogleich nach der Ankunft in Schwarzenbach – noch immer steh' ich im Kursorischen – bekam er vom Kantor Gressel Unterricht auf dem Klaviere; – und auch hier, nachdem er nur einige Tanzstücke und später das Gemeinste des Chorals erlernte – Gott gebe doch dem armen Knaben einmal einen gründlichen Lehrer, wünsch' ich, sowenig auch überall dazu sich Aussicht zeigt – geriet er bald in seine Selberfreilassung vom Unterrichte, nämlich in Phantasieren auf dem Klaviere und in Aufsammeln und Abspielen aller Klavierstücke, die nur im Orte aufzutreiben waren. Die musikalische Grammatik, den Generalbaß, erlernte er so durch viel Phantasieren und Notenspielen etwa so wie wir die deutsche durch Sprechen.

Zu gleicher Zeit legte er sich lesend auf die schöne Literatur der Deutschen; da aber in Schwarzenbach keine andere zu haben war als die romantische und von dieser nur die schlechten Romane aus der *ersten* Hälfte des vorigen Jahrhunderts: so trug er sich von diesen Quadern einen kleinen babylonischen Turm zusammen, ob er gleich jedesmal aus ihm nur *einen* Quader herausziehen konnte zum Lesen. Aber unter allen Geschichten auf Bücherbrettern – denn Schillers Armenier wiederholt später nur die halbe Wirkung- goß keine ein solches Freudenöl und Nektaröl durch alle Adern seines Wesens – bis sogar zu körperlichem Verzücken – als der alte Robinson Crusoe –; er weiß noch Stunde und Platz, wo die Entzückungen vorfielen – es war abends an dem Fenster gegen die Brücke zu; und nur später ein zweiter Roman, Veit Rosenstock von Otto, – vom Vater gelesen und verboten – wiederholte die Hälfte jener Begeisterung. Nur als Plagiar und Bücherdieb genoß er ihn aus der väterlichen Studierstube so lange bis der Vater wiederkam – einmal las er ihn unter einer Wochenpredigt des Vaters in einer unbesuchten Empor auf dem Bauche liegend. Jetzige Kinder beneid' ich wenig, welchen der erste Eindruck des kindlichen und kindischen Robinson entzogen und vergütet wird durch die neuern Umarbeiter des Mannes, welche die stille Insel in einen Hörsaal oder in ein abgedrucktes Schnepfental verwandeln und den schiffbrüchigen Robinson überall mit einem Lehrbuche in der Hand und eignen dictatis im Maule herumschicken, damit er jeden Winkel zu einer Winkelschule stifte, obgleich der Mann mit sich selber so viel zu tun hat, damit er sich nur notdürftig beim Leben erhält.

Zu gleicher Zeit, nämlich kurz darauf bat der junge Kaplan Völkel sich vom Vater den Jungen auf tägliche zwei Stunden nach dem Essen aus, um allerlei aus Philosophie und Geographie mir beizubringen. Wodurch ich ihm, den kein besonderes Erziehtalent anfeuerte, bei meiner dörfischen Unbehülflichkeit so wert bis zum Aufopfern seiner Ruhezeit geworden, weiß ich nicht.

In der Philosophie las er oder eigentlich ich ihm vor die Weltweisheit von Gottsched, welche mich bei aller Trockenheit und Leerheit doch wie frisches Wasser erquickte durch die Neuheit. Darauf zeigte er mir auf einer Landkarte – ich glaube von Deutschland – viele Städte und Grenzen; was ich aber davon behalten, weiß ich nicht und such' es bis heute vergeblich in meinem Gedächtnis. Ich getraue mir zu beweisen, daß ich unter allen jetzt lebenden Schriftstellern vielleicht der bin – was freilich stark klingt – welcher von Landkarten – das wenigste versteht. Ein Atlas von Landkarten trüge statt des Himmels des mythologischen für mich eine Hölle, wenn ich sie in meinen Kopf überzutragen hätte. Was in diesem von Erdbeschreibung an Städten und Ländern etwan hangen geblieben, ist das wenige, was mir unterwegs angeflogen auf dem geographischen Lehrcursus, welchen teils die Postwagen statarisch, teils die

Hauderer kursorisch mit mir nahmen, um mich in gutem Gymnasiumdeutsch auszudrücken.

Desto mehr dank' ich dem guten Kaplane für seine Anleitung zum deutschen Stil, welche in nichts bestand als in einer Anleitung zur sogenannten natürlichen Theologie. Er gab mir nämlich den Beweis ohne Bibel zu führen auf, z. B. daß ein Gott sei oder eine Vorsehung u. s. w. Dazu erhielt ich ein Oktavblättchen, worauf nur mit unausgeschriebnen Sätzen, ja mit einzelnen Worten durch Gedankenstriche auseinandergehalten die Beweise und Andeutungen aus Nösselt und Jerusalem oder andern standen. Diese verzifferten Andeutungen wurden mir erklärt; und aus diesem Blatt entfalteten sich, wie nach Goethens botanischen Glauben, meine Blätter. Mit Wärme fing ich jeden Aufsatz an, mit Lohe hört' ich auf; denn immer kamen in das Ende das Ende der Welt, des Lebens, die Freuden des Himmels und all das Übermaß, das der jungen Rebe in ihrem warmen Frühling entquillt und das erst im Herbste zu etwas Geistigen zeitigt. Wenn nun diese Schreibstunden nicht Arbeit-, sondern Freuden- und Freistunden waren: wem gehört das Lob und Verdienst als dem Wahlherrn des rechten blüte- und fruchttragenden Thema? – Denn man bedenke und halte diese anfallenden und anregenden Aufgaben doch nur gegen die gewöhnlichen der Schullehrer, welche so geräumig und unbestimmt, dem Herzen der Jugend so fremdartig, oder über den jugendlichen Lebenkreis so weit hinausragend, wie ich zum Scherze in einer Note[2] tausend erfinden wollte, daß ich lieber im Ernste wünschte, ein freier jugendkennender Mann setzte sich hin und schriebe ungeachtet der besten Gedanken und Ausarbeitungen, die er sonst liefern könnte, vor der Hand weiter nichts als nach der Maßgabe der unzähligen Dispositionen über die Sonntagtexte, ein Bändchen voll bloßer Preisaufgaben

---

[2] Über so allgemeine kalte leere, alles und nichts fodernde Schreibaufgaben wie z. B. Lob des Fleißes, Wichtigkeit der Jugend könnte kaum der reichste und reifste Kopf etwas Lebendiges ausbrüten. Wieder andere übervolle zu große wie z. B. Vergleichung von alten Feldherrn, Abwägungen der alten Regierformen sind Straußeier, auf welchen der Schüler mit seinen zu kleinen Flügeln vergeblich sitzt und brütet und niemanden warm macht als sich selber. Schöner stehen zwischen beiden Arten die vollen an sinnlichen oder an historischen Stoffen: z. B. Darstellung einer Feuerbrunst, des Jüngsten Tages, der Sündflut, Beweis ihrer Nicht-Allgemeinheit.

für Lehrer, welche diese bloß dadurch zu lösen hätten, daß sie unter ihnen erwählten, um sie den Schülern aufzugeben. –

Noch besser als alle Aufgaben sind vielleicht gar keine; der Jüngling dürfe selber sich jedesmal die Materie wie eine Geliebte auslesen, für welche er warm und voll ist und mit der allein er das Lebendige zu erzeugen vermag. Lasset doch den jungen Geist nur auf einige Stunden und Bogen lang frei – wie ja sogar der ältere es braucht –, damit er von eueren Händen ungestört austöne; sonst ist er eine Glocke, die auf dem Boden aufsteht und nicht eher ertönen kann als bis sie unberührt im Freien hangt.

Aber so sind die Menschen durch alle Ämter hinauf; sie haben keine Lust, knechtische Maschinen zu freien Geistern zu machen und dadurch ihre Schöpf-, Herrsch- und Schaffkraft zu zeigen, sondern sie glauben diese umgekehrt zu erweisen, wenn sie an ihre nächste oder Obermaschine aus Geist wieder eine Zwischenmaschine und an die Zwischenmaschinen endlich die letzte anzuschienen und einzuhäkeln vermögen, so daß zuletzt eine Mutter Marionette erscheint, welche eine Marionettentochter führt, die wieder ihrerseits imstande ist, ein Hündchen in die Höhe zu heben – – Alles nur *eine* Zusammenhäkelung desselben Maschinenmeisters. Gott, der Reinfreie, will nur Freie erziehen; der Teufel, der Reinunfreie, will nur seinesgleichen.

Meine wöchentlichen Ausarbeitungen gäbe ich jetzo für keine jetzigen hin, sie mögen auch die Welt noch so sehr bilden; denn jene bildeten noch weit mehr mich selber, besonders da ihre Gegenstände meinem Triebe zum Philosophieren die Schranken auftaten und ihn sich auslaufen ließen; ein Trieb, der schon vorher sich in meinem engen Kopfe ausrennen wollte in einem schmalen Oktavbüchlein, worin ich das Sehen und Hören logisch zu ergründen suchte und dachte und woraus ich meinem Vater etwas erzählte, der mich so wenig tadelte und verstand als ich. Kann man denn es den Jugendlehrern zu oft sagen – oft genug hab' ichs wohl indessen schon gesagt – daß alles Hören und Lesen den Geist nicht halb so kräftigt und regt und reizt als Schreiben und Sprechen, weil jenes dem weiblichen Empfangen ähnlich nur die Kräfte der Aufnahme bewegt, dieses aber dem männlichen Erzeugen ähnlich die Kraft des Schaffens in Anspruch nimmt und in Bewegung setzt? – Schreiben nicht lebenlange Übersetzer der geistreichsten und sprachkürzesten Schriftsteller, z. B. Ebert als der von Young, ihre Vorreden, Noten und Gedichte mit der angebornen Wässerigkeit fort, indes doch einige Verbesserung zu erwarten gewesen wäre, da unter allem Lesen das Übersetzen das aufmerksamste ist, so wie das scharf- und feinsichtigste, daher auch jeder Übersetzer eines genialen Werks dieses besser durchgenießt und auskernt als jeder Leser?... Lesen heißt in die Schulkasse oder den Armensäckel einsammeln, Schreiben heißt eine Münzstätte anlegen; aber der Prägstock macht reicher als der Klingelbeutel. Schreiben verhält sich als eine sokratische Hebammenkunst, die man an *sich selber* übt, zum Lesen, wie Sprechen zum Hören. In England und bei Hof- und Weltleuten bildet das Sprechen aus und hilft dem seltenern Lesen nach.

Diese Stunden des Kaplans setzt' ich endlich auf ein Schachspiel und sie wurden verspielt, weil – nicht gespielt wurde. Zuweilen nämlich beschloß der Kaplan den geographischen Unterricht mit einem im Schach; mein liebstes Spiel bis noch jetzt, ob ich gleich darin wie in jedem andern der Anfänger geblieben, als der ich gleich anfangs aufgetreten. Da ich nun einmal die Stunde ungeachtet der Kopfschmerzen besuchte, weil mir ein Schach versprochen war; und da dasselbe aus Vergessen nicht kam: so kam ich auch niemals mehr wieder. Ich begreife viel schwerer den einen Umstand, daß mir der Vater ein solches von keinem Worte motivierte Wegbleiben schweigend erlaubte, als den andern natürlichen, daß ich ein Narr war und den Kaplan zur nämlichen Zeit fortfloh, als ich ihn fortliebte. Zwar war ich mit Freuden zwischen ihm und dem Vater die kleine Fußbotenpost; und mit Liebeblicken und Freudenpulsen sah ich ihn fast nach jeder Kindtaufe (die Taufglocke läutete meinem Ohre deshalb eine Frohmesse ein) bei meinem Vater einspringen und – ich las oder schrieb unweit ihres Sprechtisches – den halben oder ganzen Abend da verplaudern; aber ich hatte mir wie gesagt, das Schachbrett in den Kopf gesetzt und blieb aus. Himmel! wer mag in meiner und in so mancher poetischen und weiblichen Natur in die besten Honigzellen einen solchen Sauerhonig (wenn nicht Honigessig) des Liebens und Grollens eintragen, eine solche widerstreitende Mixtur, die oft die schönsten Tage, ja vielleicht die schönsten Herzen vergiftete und wundfraß? – Wahrlich, wäre oft der heißesten Liebe nur noch eine halbe Unze Lichtäther oder Verstand beizumischen: ich wüßte nichts darüber, über die wärmste Liebe; so aber gerinnt sie zu ihrem sauern Boden- und Gegensatz.

Scherz mit dem Rektor

Da die Schraubgenossenschaft wußte, daß er in der Schule die Zeitung las und in seine Schulstubenpredigten jede lebendige Gegenwart aufnahm: so schickte sie ihm von der Erlanger Realzeitung, die er mithielt, ein altes Blatt aus den 70ger Jahren, das die schreckliche Hungernot in Italien, besonders in Neapel, grausend abschilderte. Die Jahrzahl der Zeitung hatten sie mit einem daraufgeflößten Dintenklecks gut genug versiegelt. Sie hörten es nun alle in ihre Stuben gleichsam hinein, wie er vom Fidibus-Blatt entzündet (er kann kaum den Abzug des Kantors erwarten) mit dem Erklären losbrechen und mit welchen Feuerfarben er jetzo – der Erlanger gab nur die Wasserfarben dazu – das hungrige Betteln, Schreien, Niederfallen, Verschlucken auf allen Gassen so nahe vor die Schwarzenbacher Schuljugend rücken werde, daß es unentschieden sein werde, ob sie mit heißeren Tränen heimkommen werden oder mit heißerem Hunger. Und in der Tat in solchen Fällen der Schilderungen glaubt der Mensch kaum mehr, daß es noch etwas zu essen gibt in der Welt. Unter welche Ehrenpforten (oder auf welchen Ehrenbetten) noch abends der gute Herold des Hungers von der Spaßgenossenschaft für sein Rühren und Mahnen gebracht worden, als die Schützengesellschaft die Kinder besehen und vernommen, kann sich jeder denken, ich aber nicht berichten, weil ich erst dunkel und spät etwas erfahren habe. Alter gutmeinender Rektor! schäme oder ärgere dich indes nicht besonders über das Spaß- oder Stoßgevögel, das auf deine Kanzel-Tauben niederfahren will! Die heilige Taube hatte doch mit warmen Flügeln über unsern Herzen geschwebt und sie angebrütet. Für die angewärmte Seele ists einerlei ob sie für eine alte oder für eine junge Hungerzeit mit den Schlägen des Wohlwollens gezittert.

Kuß

Wie früher dem Kirchenstuhl gegenüber, so konnt' ich nicht anders als zur erhöhten Schulbank hinauf – denn sie saß ganz oben, die Katharina Bärin – mich verlieben, in ihr niedliches rundes rotes blatternarbiges Gesichtchen mit blitzenden Augen und in ihre artige Hastigkeit, womit sie sprach und davonlief. Am Schulkarnaval, das den ganzen Fastnachtvormittag einnahm und in Tänzen und Spielen bestand, hatt' ich die Freude, mit ihr den unregelmäßigen Hopstanz zu machen und so dem regelrechten gleichsam vorzuarbeiten und vorzutanzen. Ja bei dem Spiele »wie gefällt dir dein Nachbar« – wo man auf das Bejahen des Gefallens zu küssen befehligt wird und auf das Verneinen einem Hergerufnen unter einigen Ritterschlägen des Klumpsackes laufend Platz zu machen hat – trug ich letzte häufig neben ihr davon; eine Goldschlägerei, durch die meine Liebe wie das edelste Metall größer wurde, und ein unterhaltendes Abwechseln wie sie mir immer den Hof verbot und ich sie immer an den Hof rief, waltete ob.

Alle diese böslichen Verlassungen (desertio malitiosa) konnten mir die Seligkeit nicht abschneiden, ihr täglich zu begegnen, wenn sie mit ihrem schneeweißen Schürzchen und Häubchen über die lange Brücke dem Pfarrhause entgegenlief, aus dessen Fenster ich schauete. Sie freilich zu erwischen, um ihr etwas Süßes nicht sowohl zu sagen, als zu geben, z. B. einen Mundvoll Obst – dies war ich, so schnell ich auch durch den Pfarrhof eine kleine Treppe hinablief, um die Vorbeilaufende unten im Fluge zu empfangen, meines Wissens nie imstande. Aber ich genoß genug, daß ich sie vom Fenster aus auf der Brücke lieben konnte, was, hoff' ich, für mich nahe genug war, da ich gewöhnlich immer hinter langen Seh- und Hörröhren mit meinem Herzen und Munde stand. Ferne schadet der rechten Liebe weniger als Nähe. Wäre mir auf der Venus eine Venus zu Gesicht gekommen: ich hätte das himmlische Wesen mit seinen in solcher Ferne so sehr bezaubernden Reizen warm geliebt und es ohne Umstände zu meinem Morgen- und Abendstern erwählt zum Verehren.

Inzwischen hab' ich das Vergnügen, alle, welche in Schwarzenbach bloß ein wiederholtes Joditz der Liebe erwarten, aus ihrem Irrtum zu ziehen und ihnen zu melden, daß ich es zu etwas brachte. An einem Winterabende, wo ich meine Prinzessinsteuer von Süßigkeiten schon vorrätig hatte, der gewöhnlich nur die Einnehmerin fehlte, beredete der Pfarrsohn, der unter allen meinen Schulkameraden der schlechteste war, mich zum verbotenen Wagstücke, während ein Besuch des Kaplans meinen Vater beschäftigte, im Finstern das Pfarrhaus zu verlassen, die Brücke zu passieren und geradezu (was ich noch nie gewagt) in das Haus, wo die Geliebte mit ihrer armen Mutter oben in einem Eckzimmerchen wohnte, zu marschieren und unten in eine Art von Schenkstube einzudringen. Ob Katharina aber zufällig da war und wieder hinaufging, oder ob sie der Schelm mit seiner Bedientenanlage unter einem Vorwande herunterlockte, auf die Mitte der Treppe; oder kurz wie es dahinkam, daß ich sie auf der Mitte fand: dies ist mir alles nur zu einer träumerischen Erinnerung auseinandergeronnen; denn eine plötzlich aufblitzende Gegenwart verdunkelt dem Erinnern alles was hinter ihr ging. So stürmisch wie ein Räuber war ich zuerst der Geber meiner Eßgeschenke, und dann drückt' ich – der ich in Joditz nie in den Himmel des ersten Kusses kommen konnte, und der nie die geliebte Hand berühren durfte – zum ersten Male ein lange geliebtes Wesen an Brust und Mund. Weiter wüßt' ich auch nichts zu sagen, es war eine Einzigperle von Minute, etwas, das nie da war, nie wiederkam; eine ganze sehnsüchtige Vergangenheit und Zukunft-Traum war in einen Augenblick zusammen eingepreßt; – und im Finstern hinter den geschloßnen Augen entfaltete sich das Feuerwerk des Lebens für *einen* Blick und war dahin. Aber ich hab' es doch nicht vergessen, das Unvergeßliche.

Ich kehre wie eine Hellseherin aus dem Himmel auf die Erde zurück und bemerke nur, daß diesem zweiten Weihnachtfest der Ruprecht, da er ihm nicht vorlief, nachlief und ich nach Hause kommend schon unterwegs den Boten fand und zu Hause stark gescholten wurde über mein Auslaufen. Gewöhnlich fällt immer nach zu heißen Silberblicken der Glücksonne ein solcher Schlossen- und Schlackenguß. Was tat es mir? Mein Paradies war durch nichts zu ersäufen; denn blüht es nicht noch heute fort bis an diese Feder heran?

Es war, wie gesagt, der erste Kuß, und zugleich, wie ich glaube, der letzte dazu, wenn ich nicht absichtlich, da sie noch lebt, nach Schwarzenbach fahren und da einen zweiten geben will. Wie gewöhnlich nahm ich während meines ganzen Schwarzenbacher Lebens mit meiner telegraphischen Liebe vorlieb, welche noch dazu ohne einen antwortenden Telegraphen sich erhalten und beantworten mußte. Aber wahrlich, niemand tadelt die Gute weniger als ich, wenn sie damals schwieg oder jetzo noch – nach ihres Mannes Tode –; denn ich mußte mich später in fremdes Lieben und Herz immer erst langsam hineinreden; es half mir nichts, daß ich sogleich mit fertigem Gesicht und allem Außen schon dastand; allen diesen körperlichen Reizen mußte später erst die Folie der geistigen von mir untergelegt werden, bevor sie genugsam glänzten und blendeten und zündeten. Aber dies war eben das Fehlerhafte in meiner unschuldigen Liebezeit, daß ich, ohne Umgang mit der Geliebten, ohne Gespräche und Einleitung, ihr bei meiner dürren Außenseite die ganze Liebe auf einmal hervorgefahren zeigte und kurz daß ich ordentlich als der Judenbaum vor ihr stand, der ohne den Umschweif von Ästen und Blättern die weiche feine Blüte aus der unansehnlichen Rinde hervortreibt.

Abendmahl

Das Abendmahl steht auf dem Lande oder noch richtiger unter rechten Christen nicht bloß als eine christliche toga virilis da; nicht wie in Städten für Mädchen als die Einkleidung weniger in Nonnen als in Jungfrauen, sondern es ist die höchste und erste geistliche Handlung, das Bürgerwerden in der Gottes-Stadt; erst jetzo wird die frühere Wassertaufe eine wahre Feuertaufe und das erste Sakrament steht im zweiten verklärt und lebendiger wieder auf. Vollends Kinder eines Geistlichen, welche so oft die Augen- und Ohrenzeugen fremder Vorbereitungen zu diesem Sonnentage des Herzens gewesen, nähern sich ihm mit größerer Ehrfurcht. Diese stieg noch höher in mir durch den einjährigen Aufschub der Handlung, da meinem Vater das gesetzmäßige Alter von zwölf Jahren durch den 21ten März nicht reichlich genug abgelaufen zu sein schien.

Nun gebt diesen warmen Tagen der Religion noch einen Feuersprecher – nicht Besprecher – wie der Rektor ist, der uns die schreckliche, bloß dieser Religionhandlung eigentümliche Bedingung glühend vor die Seele hält, daß das Abendmahl, unbußfertig genossen, gleichsam wie ein Meineid, statt des Himmels eine Hölle gebe und daß ein Erlöser und Heiliger in einen unreinen Sünder einziehen und die seligmachende Kraft seiner persönlichen Gegenwart in eine vergiftende verwandeln müsse. Heiße Tränen, die er selber mit vergießen half, waren das wenigste, was seine Herzrede aus mir und andern hervortrieb; glühende Reue des vorigen Lebens und feurige Schwüre auf ein tadelloses füllten die Brust aus und arbeiteten nach seinem Schweigen darin fort. Wie oft ging ich vor dem Beichtsonnabende unter den Dachboden hinauf und kniete hin, um zu bereuen und zu büßen! Und wie wohl tat es dann an dem Beichttage selber, noch allen geliebten Menschen, Eltern und Lehrern, mit stammelnder Zunge und überfließendem Herzen alle Fehler abzubitten und diese dadurch gleichsam zu entsühnen.

Aber dann ruhte auch am Beichtabende ein sanfter lichter heller Himmel der Ruhe in der Seele, eine unaussprechliche nie wieder-kommende Seligkeit, sich ganz rein, nämlich gereinigt und entsün-digt zu fühlen, mit Gott und den Menschen einen heitern weiten Frieden abgeschlossen zu haben; und doch sah ich aus diesen Abendstunden des milden warmen Seelenfriedens noch auf die Morgenstunden der himmlischen Begeisterung und Entzückung am Altare hinaus.

Selige Zeit, wo der Mensch die schmutzige Vergangenheit von sich abgeschält hat und rein und weiß frei und frisch in der Gegen-wart steht und so mutig in die Zukunft tritt! Wem aber kann sie wiederkehren als Kindern? – Denn in jener glücklichen Jugendzeit ist der volle Seelenfriede leichter zu gewinnen, weil der Kreis von Opfern, die er fodert, kleiner ist und die Opfer geringfügiger; indes die verworrenen und ausgedehnten wichtigen Verhältnisse des ältern Menschen durch Lücken und Zögern vollständiger Hinge-bung den himmlischen Regenbogen des Friedens nur unvollendet und nicht wie die Frühzeit, zu *einem* Zirkel zusammengewölbt zu-lassen. Im zwölften Jahre kann die Begeisterung einen ganz Reinen erschaffen, aber nicht im Alter. Auch der Jüngling wie die Jungfrau haben bei allen ihren Feuertrieben einen leichtern und nähern Weg zur höchsten sittlichen Reinheit, als der ist, welchen der Mann oder die Frau mit kältern und eigennützigern Strebungen durch die Wildnis der Plagen und Sorgen und Arbeiten zurückzulegen fin-den. Der rechte Mensch ist irgend einmal in frühester Zeit ein Dia-mant vom ersten Wasser, wasserhell ohne Farbe; dann wird er einer vom zweiten und spielt mehre Farben, bis er endlich zu einem Far-bensteine sich verdunkelt.

Am Sonntagmorgen versammelten sich die für den Opferaltar ge-schmückten Knaben und Mädchen im Pfarrhofe zum Feiereinzuge in die Kirche unter Geläute und Gesang. Alles dieses und sogar der Festanzug und der Blumenstrauß und die verdunkelnden duften-den Birken im Hause und im Tempel wurden für die junge Seele, deren Flügel schon in der Bewegung und in der Höhe waren, noch vollends ein mächtiges Wehen in die aufgespannten Flügel hinein. Sogar der langen Predigt war das Herz mit seinem Feuer gewachsen; bloß Kämpfe wurden unter ihr gegen jeden Gedanken, der nur weltlich und nicht heilig genug war, geführt.

Als ich nun endlich von meinem Vater das Abendmahlbrot empfing und von dem jetzo rein geliebten Lehrer den Kelch: so erhöhte sich die Feier nicht durch den Gedanken, was sie mir beide waren, sondern mein Herz und Sinn und Feuer war bloß der Seligkeit und dem Empfange des Heiligsten hingegeben, der sich mit meinem Wesen vereinigen sollte; und die Seligkeit stieg bis zum körperlichen Gefühlblitze der Wunder-Vereinigung.

So trat ich mit einem reinblauen und unendlichen Himmel im Herzen weg vom Altare; aber dieser Himmel offenbarte sich mir durch eine unbeschränkte von keinem Flecken getrübte sanfte Liebe, die ich jetzo für alle, alle Menschen empfand. Die Erinnerung der Seligkeit, wie ich alle Kirchgänger mit Liebe ansah und alle in mein Inneres aufnahm, hab' ich bis jetzo lebendig und jugendlichfrisch in meinem Herzen aufbewahrt. Die weiblichen Mitgenossinnen des h. Tisches wurden mir mit ihren Brautkränzen als Bräute Christi nicht nur geliebter, sondern auch heiliger; und ich schloß sie alle in ein so weites reines Lieben ein, daß auch die von mir geliebte Katharina nach meiner Erinnerung nicht anders von mir geliebt wurde als alle übrigen.

Die ganze Erde blieb mir den ganzen Tag ein aufgedecktes großes Liebemahl und das ganze Gewebe und Gespinste des Lebens stand als eine leise sanfte Wind- oder Ätherharfe da, welche der Atem der Liebe durchweht. Wenn schon der Menschenfeind sogar ein künstliches Vergnügen aus einem von keiner Ausnahme beschränkten Abneigen erpressen kann: von welcher unsäglichen Süßigkeit ist erst ein allgemeines Lieben aller Herzen in dem schönen noch von keinen Verhältnissen verwickelten und verletzten Alter, dessen Sehkreis noch eng ist und dessen Arme noch kurz, dessen Glut aber desto dichter. Und wollen wir uns nicht die Freude gönnen, den überfließenden Himmel uns auszuträumen, welcher uns aufnehmen müßte, wenn wir ebenso im höhern heißern Brennpunkte einer zweiten Weltjugend mit höhern Kräften liebend ein größeres Geisterreich umfaßten und das Herz von Leben zu Leben immer weiter machten für das All? –

Aber im beweglichen Menschen kann leichter alles sich beständig oben erhalten als das Reinste und Beste, wie im Quecksilber alle Metalle oben bleiben, aber das Gold untersinkt. Das Leben duldet wie nach Goethe die Sonne kein Weiß. Nach wenigen Tagen entwich das köstliche Bewußtsein dieses Standes der Unschuld, weil ich gesündigt zu haben glaubte, daß ich mit einem Steine geworfen und mit einem Schulfreunde gerungen und zwar beides nicht aus Feindschaft sondern in schuldloser Spiellust. Aber ewiger Dank gehört dem allgütigen Genius. Jedem Feste folgen Werkeltage; aber aus ihm gehen wir neugekleidet in diese; und das vergangne führet über sie hinweg zu einem neuen wieder. Dieses Lenzfest des Herzens kam später in den Jünglingjahren, nur aber als ein ruhiger heiterer Sabbat zurück, als vor mir zum ersten Male aus Plutarch und Epiktet und Antonin die alten großen stoischen Geister aufstiegen und erschienen und mir alle Schmerzen der Erde und alles Zürnen wegnahmen; aber von diesem Sabbat hoff' ich vielleicht ein ganzes Sabbatjahr zusammengebracht zu haben, oder das, was daran abgeht, noch nachfragen zu können.

Über tradition

Eigenes Buch veröffentlichen

tradition wurde 2006 in Hamburg gegründet und hat seither mehrere tausend Buchtitel veröffentlicht. Autoren veröffentlichen in wenigen leichten Schritten gedruckte Bücher, e-Books und audio-Books. tradition hat das Ziel, die beste und fairste Veröffentlichungsmöglichkeit für Autoren zu bieten.

tradition wurde mit der Erkenntnis gegründet, dass nur etwa jedes 200. bei Verlagen eingereichte Manuskript veröffentlicht wird. Dabei hat jedes Buch seinen Markt, also seine Leser. tradition sorgt dafür, dass für jedes Buch die Leserschaft auch erreicht wird.

Im einzigartigen Literatur-Netzwerk von tradition bieten zahlreiche Literatur-Partner (das sind Lektoren, Übersetzer, Hörbuchsprecher und Illustratoren) ihre Dienstleistung an, um Manuskripte zu verbessern oder die Vielfalt zu erhöhen. Autoren vereinbaren direkt mit den Literatur-Partnern die Konditionen ihrer Zusammenarbeit und partizipieren gemeinsam am Erfolg des Buches.

Das gesamte Verlagsprogramm von tradition ist bei allen stationären Buchhandlungen und Online-Buchhändlern wie z. B. Amazon erhältlich. e-Books stehen bei den führenden Online-Portalen (z. B. iBookstore von Apple oder Kindle von Amazon) zum Verkauf.

Einfach leicht ein Buch veröffentlichen: **www.tredition.de**

Eigene Buchreihe oder eigenen Verlag gründen

Seit 2009 bietet tredition sein Verlagskonzept auch als sogenanntes "White-Label" an. Das bedeutet, dass andere Unternehmen, Institutionen und Personen risikofrei und unkompliziert selbst zum Herausgeber von Büchern und Buchreihen unter eigener Marke werden können. tredition übernimmt dabei das komplette Herstellungs- und Distributionsrisiko.

Zahlreiche Zeitschriften-, Zeitungs- und Buchverlage, Universitäten, Forschungseinrichtungen u.v.m. nutzen diese Dienstleistung von tredition, um unter eigener Marke ohne Risiko Bücher zu verlegen.

Alle Informationen im Internet: **www.tredition.de/fuer-verlage**

tredition wurde mit mehreren Innovationspreisen ausgezeichnet, u. a. mit dem Webfuture Award und dem Innovationspreis der Buch Digitale.

tredition ist Mitglied im Börsenverein des Deutschen Buchhandels.

Dieses Werk elektronisch lesen

Dieses Werk ist Teil der Gutenberg-DE Edition DVD. Diese enthält das komplette Archiv des Projekt Gutenberg-DE. Die DVD ist im Internet erhältlich auf **http://gutenbergshop.abc.de**

Zeitfracht Medien GmbH
Ferdinand-Jühlke-Straße 7
99095 Erfurt, Deutschland
produktsicherheit@kolibri360.de